大いなる夜の物語

清水将吾

ぷねうま舎

装画＝清水将吾
装丁＝寄藤文平＋古屋郁美（文平銀座）

目次

謎その1・どうして日常はつらいのか？

ほら、またネチネチ言ってる。よくもまあ飽きもせず、毎日ああやって不機嫌をまわりにまきちらせるもんだ。家に帰ってから後悔することはないんだろうか。

ご機嫌ななめなのは、お天気屋の先輩、村松玲奈《むらまつれいな》。後輩にはひそかに「お天気お姉さん」と呼ばれている。

一方、さっきからネチネチお説教されているのは、僕の同期、石戸夕璃《いしとゆり》。僕の家のわりと近くに住んでいて、同じ小学校に通っていた。低学年のころまでは、近所の子どもたちで集まって遊ぶこともあった。でも、いつの間にか、話すことも会うこともほとんどなくなった。それがこの会社に入ってみたら、偶然、石戸さんも同じ会社に就職していたので、それをきっかけに打ち解けて話すようになったのだった。

僕は草野春人《くさのはると》。この会社ではたらき始めて、今年で二年目。正直なところ、もうやめたいと思っている。仕事は年がら年中忙しいし、まだ慣れないことがたくさんあるし、慣れたところで立派な人になれるわけでもない。

それよりも、ああやって、石戸さんのようないい人が怒られるのを見る毎日には、もううんざりしてしまった。僕にも苦手な先輩はいるけど、それだけだったら僕がやめれば終わりにできる。でも、石戸さんもこの会社で頑張っているから、僕がやめると何だか彼女を裏切って置きざりにすることになるような気がして、やめるにやめられない。

石戸さんにしてみれば、僕がやめても、それを悪く思うことはないかもしれない。たぶん僕が、石戸さんのことを勝手に心配しているのだ。僕がこの会社をやめてしまったら、石戸さんに何か大変なことがあったときに、助けてあげられないと思っている。それが本心だろう。

石戸さんは、子どものころからそうだったけど、つかみどころのない不思議な感じの人だ。小学校の写生大会に、学年全員で菖蒲園にいったことがあった。みんなは紫や白の絵の具で、菖蒲の花を描いているのに、石戸さんだけが木陰に座って、一本の木を描

謎その1

いていた。その姿をよく覚えている。

二人で話していても、石戸さんはよく不思議なことを言う。つい最近も、オフィスのコーヒーマシンのところに立っている石戸さんに挨拶をしたら、

「もうすぐ皆既《かいき》日食だよ」と言ってきた。

「もうすぐくるのは皆既月食でしょ？　月が地球の影で見えなくなるんだから」と僕が言うと、困ったような顔をして考え込んでしまった。

こういう石戸さんのことを、僕は面白い人だと思っている。けれど、「お天気お姉さん」のような先輩のそばでは、不機嫌の格好のはけ口になってしまうのだろう。

「ポリスチレンは資源ごみですよ！」と、コーヒーマシンのところにいる僕たちの間に割って入ってきたのは、先輩の国《くに》津恒《つごう》だった。後輩にはひそかに「区別さん」と呼ばれている。

「ポリスチレン？」と僕が言うと、

「あなたたちが手にもっているコップのことですよ。ちゃんと区別して、資源ごみとして捨ててくださいね」

「これって、紙コップじゃないんですか？」

石戸さんがそう言うと、「区別さん」はがっかりした様子で、

「あなたにはまだ教えていませんでしたっけ。するとそれをいつも可燃ごみとして捨てている犯人はあなたですね」と言って、石戸さんがコーヒーをするそのコップか、あごの先のあたりを指さした。

「草野さんも、いい加減にポリスチレンくらい覚えてくださいね。あなたには何度も言っているんですから」

「区別さん」である国津さんは、ごみのことだけでなく、仕事のことでも何でも、とにかく〈区別すること〉をとても大事にする。

「です・ます調」で後輩と話すことについても、「私は、仕事上の問題、つまり『どの人にどのような指示や依頼を伝えるか』という問題を、『どんな語尾を使って話すか』という問題とは区別しているのです」とかなんとか言っていたっけ。

「村松さん、駄目です！　待ってください」

例の「お天気お姉さん」が、雑多なごみの入ったビニール袋を、そのまま可燃ごみの中にガサッと突っ込んでいったので、「区別さん」はそれを取りだして後を追っていった。

「お天気お姉さん」と「区別さん」は、同期どうしの天敵どうしだ。

謎その1

僕は、とくに何も気にしていない様子の石戸さんを横目で見て、コーヒーを一口飲んだ。ため息が自然に口から出た。

僕だって、この会社に入ったときはとてもうれしくて、やめたいと思う日がくるなんて思わなかった。もしかすると、「日常」というものは、どうしたってつらいものなのかもしれない。たくさんの人が「非日常」を求めて沖縄にいったりするけど、沖縄の人だって、「非日常」を求めて外国へいったりする。それに、結婚したばかりの友達は幸せそうだけど、何年か前に結婚した友達は、結婚生活の日常は大変だと、そんな話ばかりする。

誰もが羨むような「超セレブ」のような人でも、華やかな生活が日常になってしまえば、いろいろと悩みが湧いて出てきてしまうみたいだし。どうして日常というものには、悩みがつきまとうのだろう。

これって、大事な問題じゃないだろうか。だって、人生のほとんどは日常でできているんだから。日常がどうしたってつらいのなら、「人生はどうしたってつらい」ということになってしまわないだろうか。

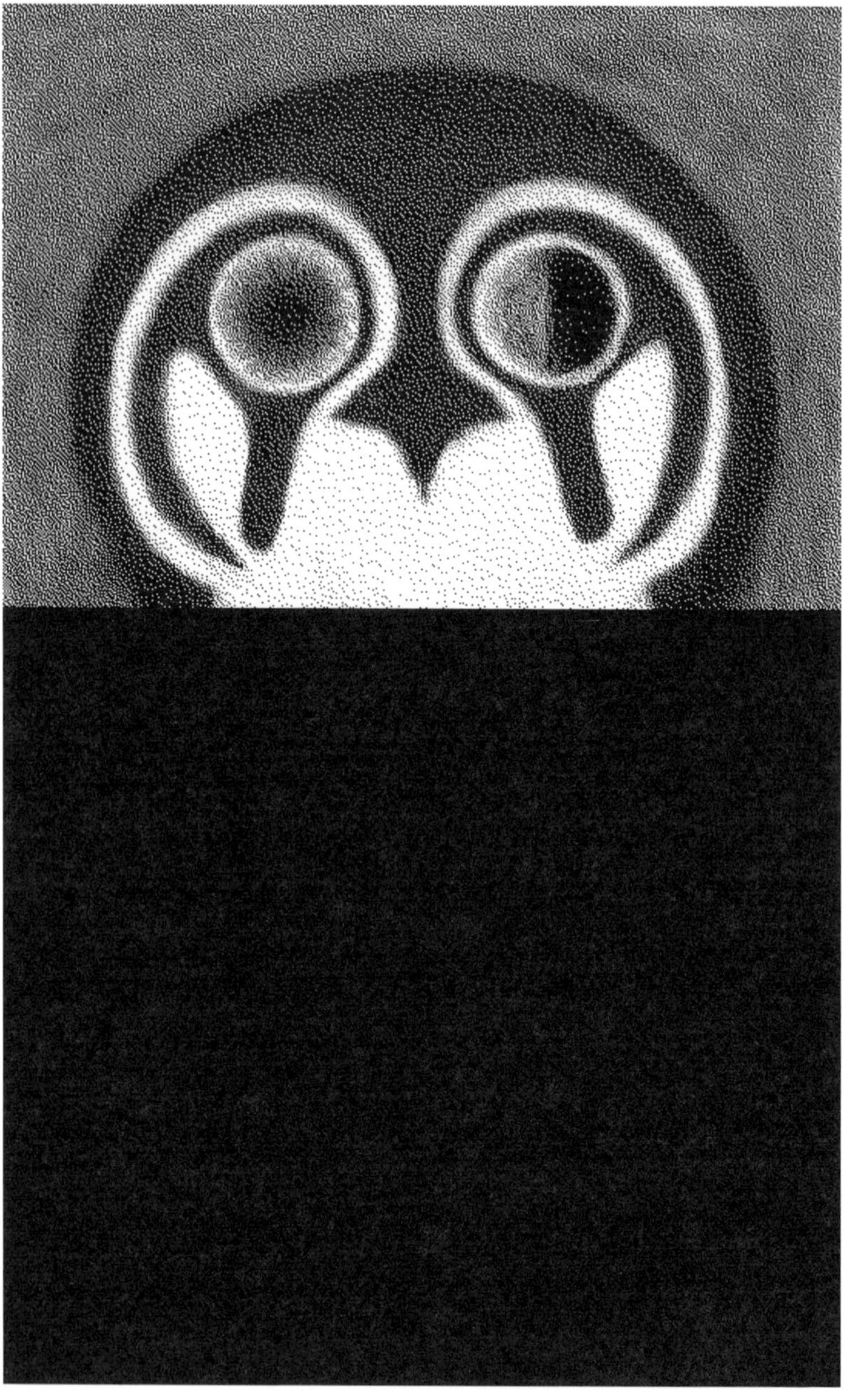

謎その2・〈どれでもないバス〉って、どんなバス？

今日は日曜日。予定は何もない。

僕は公園にいって散歩でもしようかと、家からバス停へとやってきた。公園は、バスに乗って二〇分ほどのところにある。

あれ？　歩道の遠くの方から、石戸さんが歩いてくる。近くに住んでいるとはいえ、こんなところで会うのは珍しいな。

石戸さんもこちらに気づいたようで、こちらに向かって手を振った。笑っているのがわかった。僕も手を振り返した。

石戸さんは微笑《ほほえ》みながら歩いてくる。その数十メートルのあいだ、石戸さんをじっと見ているのも変だし、そっぽを向くのも変だし、どこを見ればいいやらわからない状態に置かれていた。

そのとき、バスがやってきた。僕はそれには乗らずに、石戸さんを待つことにした。バスというものは、間の悪いときにくることになっている。

やがて石戸さんが、声の届くところまで歩いてきた。

「おはよう。石戸さんもバスに乗るの？」

「ごめんごめん。さっきのバスに乗るはずだったんでしょ？」

「いいよ、暇で公園にいくだけだから。石戸さんはどこに？」

「科学博物館」

「科学博物館って、ここからバスでいけるんだ。知らなかった」

去年新しくできたらしい、県立の大きな科学博物館。僕はまだいったことがない。

「草野くん、知ってる？　こないだ長野に落ちた隕石《いんせき》のこと」

「うん、テレビで見た。きれいな卵型をした隕石だよね。いま世界中で話題らしいね」

「あの隕石が、今日からしばらく科学博物館で展示されるんだって。草野くんも一緒にいかない？」

謎その2

とつぜん誘われた僕は面食らってしまった。

「どうしようかなあ。公園にいっても散歩するだけだから、いってみようかな、科学博物館」

石戸夕璃といく隕石見物ツアー。そんな不思議な休日もいいかもしれない。石戸さんは「やったあ」と言って喜んでいる。

「えっと、そうすると、どのバスに乗ればいいの?」と僕は訊いた。

「どのバスって?」

「その、どこゆきのバスに乗ればいいの?」

「市営温泉行きのバスだよ。でも、どのバスなのかはわからない」

「え、どういうこと?」

「だって、市営温泉行きのバスといっても、何台も走ってるでしょ?」

「え? 市営温泉行きのバスは、一種類しかないでしょ?」

「一種類しかないけど、〈市営温泉行き〉っていうバスは、何台も道路を走ってる」

「それはまあ、そうだけど、どのバスに乗ればいいかはわかってるじゃない」

「わからないよ。何台も走ってる〈市営温泉行き〉のバスうち、どのバスに乗ればいいいのかは」

さあ、どうしよう。石戸さんは真面目な顔をしているけど、こういうときの石戸さんは、真面目なのかふざけているのかわからない。そもそも、石戸さんと話していると、「真面目か不真面目か」という当たり前のような二者択一に、まったく意味がないような気がしてくる。

「でもさ、石戸さん、〈市営温泉行きのバス〉は何台もあるけど、次にくる市営温泉行きのバスは、一台だけでしょ?」と、しばらく考えてから僕は言ってみた。

「そうだね」

「じゃあ、『どのバスに乗ればいいのか』といったら、〈次にくる市営温泉行きのバス〉に乗ればいいってことだよ」

僕が少し得意になってそう言うと、石戸さんは真顔のまま考え込んでしまった。

「駄目?」と、僕はすっかり自信をなくして訊いた。

「『〈次にくる市営温泉行きのバス〉に乗ればいい』って言われても、何台もある市営温泉行きのバスうち、どのバスが次にくるの?」

石戸さんは真剣な目で僕を見ている。そのあいだに、公園行きのバスがきて、乗客を

一人降ろして走り去っていった。石戸夕璃といくツアーはもう始まっていて、もう後戻りはできないことを強く感じた。

「まいったなあ。〈次にくる市営温泉行きのバス〉は、とくにどのバスのことでもないよ。〈次にくる市営温泉行きのバス〉なら、どのバスに乗ってもかまわないってことだよ」

「草野くんは不思議なことを言うんだね」

まさか、石戸さんに言われるなんて。

「不思議って？」

「だって、さっき草野くん、〈次にくる市営温泉行きのバス〉は一台だけだって言ったでしょ？それなのに、『とくにどのバスのことでもない』だなんて」

「おかしいかな。一台だけだけど、どのバスの

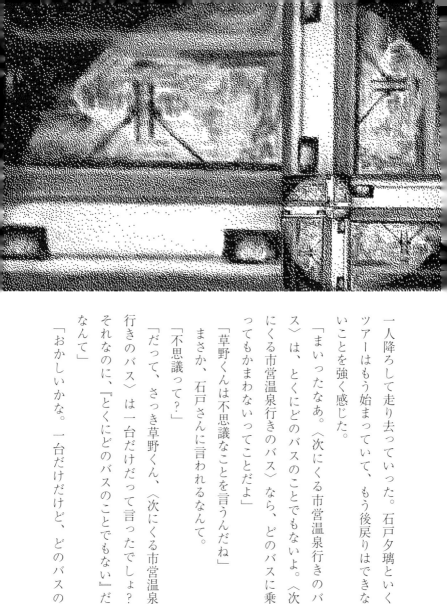

ことでもないって」

「一台だけのバスなのに、それがどのバスのことでもないなんて、変じゃない?」

どのバスでもない一台のバス……。そんなバス、あるのだろうか。ちょっと変な気もしてきたぞ。

「あ、あのバス」

石戸さんがそう言ったので、ふり返ると、市営温泉行きのバスが、角を曲がってこちらへ向かってくるところだった。

「よかった。あ、あのバ、バスに乗るんだね」

僕は心底ホッとして、そうつぶやいた。

謎その3・物語るのは誰の声？

さて、いま起きたことを、バスの中から見てみましょう。

一台のバスが走っています。一台のバスですが、どのバスでもありません。

運転手が一人乗っていますが、どの運転手でもありません。

〈どのバスでもない一台のバス〉を、〈どの運転手でもない一人の運転手〉が運転しています。

おや、石戸夕璃と草野春人の待つバス停が見えてきました。何やら熱心に話し込んでいますね。あの二人に気づかれると、〈どのバスでもない一台のバス〉は、〈あのバス〉へと変わります。

そうなる前に、私がちょっとした仕掛けをして、そうならないようにしましょう。つまり、〈どのバスでもない一台のバス〉が〈あのバス〉へと変わらないようにするのです。そうです、あの二人に、〈どのバスでもない一台のバス〉に乗っていただくのです。

ところで、私のことを変に思っておられますか？　無理もありません。この物語は、「僕」である草野春人の視点で、進んできたのですからね。

でも実は、私はその「僕」でもあるのです。私が、「僕」である草野春人になっていたからこそ、物語が草野春人の視点で進んでいたのです。ですから、あえて自己紹介をするなら、「私はこの物語のナレーターです」というふうになるでしょうか。

それどころか、もっとすごいことを教えてあげましょう。私は、あなたがいままで読んできた、すべての物語のナレーターをしてきたのです。あなたが子どもの頃、学校の教科書に載っている物語を読んでいたときにもです。あのとき、あなたの頭の中で響いていたナレーターの声、あれは私の声だったのです。

信じられませんか？　でも、あのときの声と、いまのこの声、同じ声でしょう？

だから、私の声は、あなたの声でもあります。そして、私が草野春人になっていたとき、あなたも草野春人になっていました。私がふたたび草野春人になれば、あなたもふ

謎その3

ふたたび草野春人になって、この物語の世界を眺めることになるのです。

そう、私は僕で、私はあなたです。ですから、あえて自己紹介をするなら、「私は誰でもない私です」というふうになるでしょうか。

おや、石戸夕璃と草野春人が、〈どのバスでもない一台のバス〉に乗り込んできました。

さて、私はふたたび草野春人になることにしましょう。

謎その4・光る尾を引く鞠とは何？

　バスに乗ると、乗客はほかに誰もいなかった。

　石戸さんと僕は、バスの前のほうに二人並んで座った。

　石戸さんが窓際に座ったので、バスが出発すると、石戸さんの横顔の向こうの景色が流れ始めた。石戸さんの耳で、丸い真珠がゆれている。

「石戸さん、やけに荷物が重そうだね」

「うん、『アルゴナウティカ』が入ってるの」

「アルゴ……なんだって？」

「ナウティカ」と言いながら、石戸さんは鞄を開けて、古そうな本を取りだした。赤

茶色の革の表紙に、金色のアルファベットが並んでいる。

石戸さんは表紙を白い手でなでながら、教えてくれた。

「これは『アルゴナウティカ』といって、書いたのは、古代ギリシャのアポロニオスという詩人。ギリシャ神話の英雄たちが、アルゴ船という大きな船に乗って、冒険の旅をするお話」

「へえ、古代ギリシャの冒険物語か」

「この本は、もとのギリシャ語を、英語に翻訳した本だよ。私のおばあちゃん、英語が得意で、そのおばあちゃんがプレゼントしてくれたの。このイヤリングも、おばあちゃんがプレゼントしてくれたんだ」

石戸さんは人指し指で、耳の真珠をつついた。

「石戸さんのおばあちゃん、すごい人なんだね」

「私、小さな頃から、おばあちゃんに英語を習ってたんだよ」

「どうりで、石戸さんは英語ができるんだね」

「へへ、英語だけならね」

「でもどうして、その本を科学博物館にもっていくの？」

そう訊くと、石戸さんは本を開いて、ページをめくり始めた。

「これ、ここ」と言って、石戸さんは、開いたページに人差し指を押しつけるようにした。僕は車酔いが怖《こわ》くて、のぞき込むことができない。

「どういうことが書いてあるの？」

「ここは、キュプリスという女神が、自分の子どもに話しかけてるところ。言うとおりにしてくれれば、おもちゃをあげるって」

「子どもをおもちゃで釣ろうとする女神様か」

「そのおもちゃっていうのは、天空神のゼウスがまだ幼かったときに、乳母に作ってもらった鞠《まり》のことみたい」

「鞠って、手鞠とかの、丸い鞠のこと？」

「そう。〈ゼウスの鞠〉は、金の輪っかが重なってできているって書いてある。上に放り投げると、流星のように光る尾を引くんだって」

謎 その 4

「流星のように光る尾を引く。あ、隕石！」

「うん。なぜか、本のここの箇所だけ、ペンで書き込みがしてあるの」

「どういう書き込み？」

「〈ゼウスの鞠〉が出てくるところに、アンダーラインが引いてあって、日付が書いてある」

「日付？」

「そう、このあいだ長野に隕石が落ちた日の」

思わず本をのぞき込むと、本当だ、アンダーラインと日付が書いてある。長野に隕石が落ちたときの日付までは憶えていないけど、石戸さんは確かめたのだろう。

「へえ、おばあちゃんが書き込んだの？」

「訊いてみたけど、そうじゃないみたい」

「まさか。じゃあ、おばあちゃんよりも前の持ち主が、長野の隕石のことを予言してたってこと？」

「わからない。隕石を見にいけば、何かヒントが見つかるかもって思ったの」

「そういうことだったんだ」

「そんなことに付き合ってもらって、大丈夫だった?」

「大丈夫どころか、むしろ面白くなってきたよ」

謎その5・過去にさかのぼって仕返しはできる？

バスのいく道には、大きな街路樹が多い。車内に差し込む木漏れ日《こもれび》が、きらきらと流れていく。

石戸さんは『アルゴナウティカ』を、大切そうに鞄の中にしまい込んだ。

「それにしても、隕石が展示される初日にいくなんて、よっぽど楽しみだったんだね」

と僕が言うと、石戸さんは、

「うん。それに、今日はちょうど皆既《かいき》日食の日だし」とうれしそうに言った。

皆既月食だって、このまえ訂正したのに。でも、今日は訂正はやめておこう。また困ったような顔をさせてしまうかもしれない。

「それも見るんだね、今日は」と僕は言った。

「うん、どこか静かなところで見たいな」

「静かなところ、か」

いつもゴチャゴチャ賑《にぎ》やかな会社でガミガミ言われている石戸さんが、心底かわいそうに思えた。

「あのさ、石戸さん」

「何？」

「その、休みの日にこんな話もなんだけどさ、あのお天気お姉さん、ほんとうるさいよね」

何か相談に乗ってあげたいという気持ちから、こんな話題をもちだしてしまった。

少し後悔していると、石戸さんはこう言った。

「ありがとう。でも、大丈夫」

「本当？」

「うん。それに、あの人と私、どこか共通するところがあるというか」

「まったくそうは見えないけど」

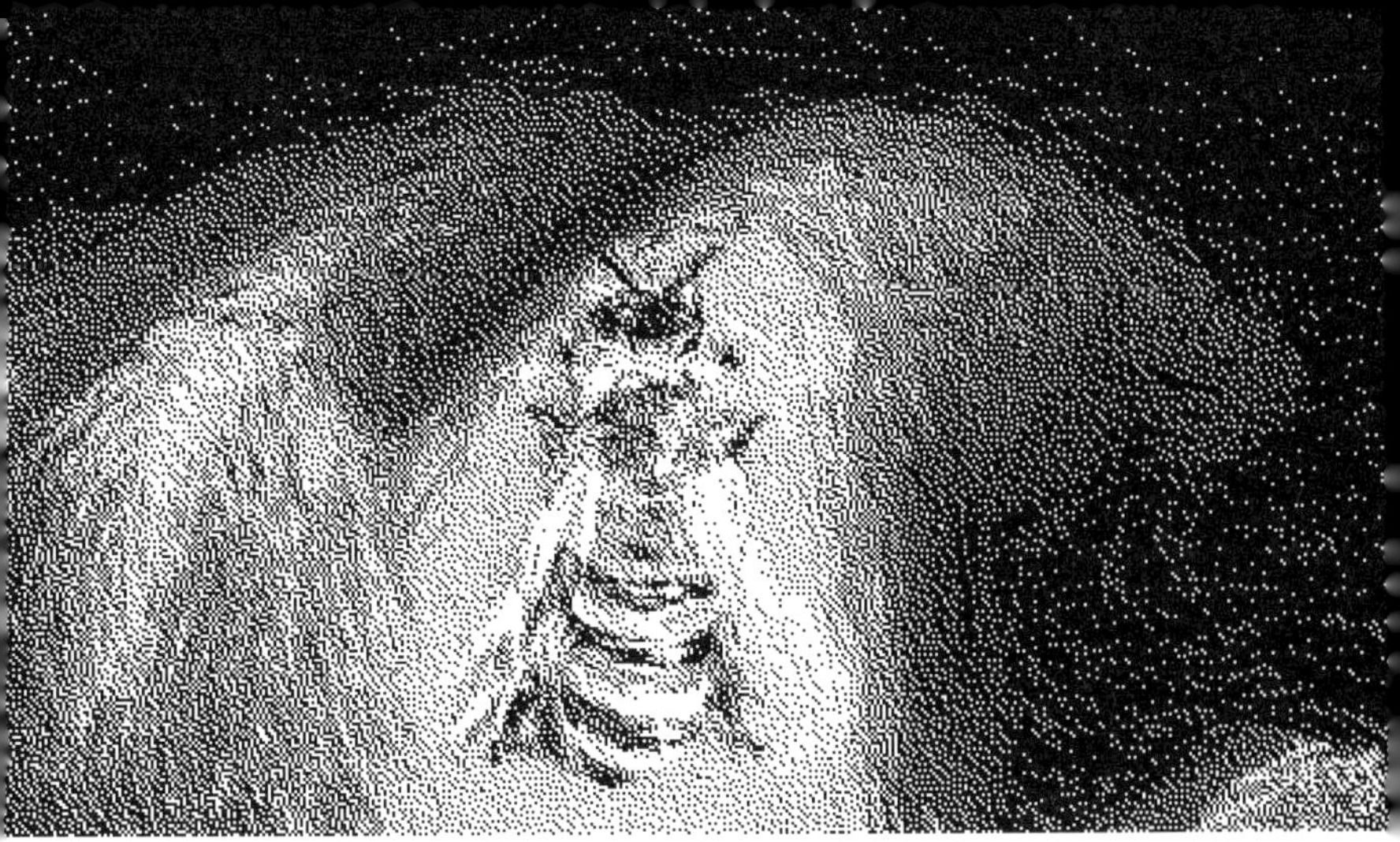

「そうかな。あと、それからね、あんまりひどいときは、ちゃんと仕返しもしてるから」

「え、仕返し？」

「ふふ。このあいだ、村松さんが『ミツバチに刺された』って大騒ぎしながら会社にきて、ものすごく不機嫌な日があったでしょ」

「ああ、あったあった」

あの日はさすがに、石戸さんをかばいに入ろうかと思ったくらいだった、できなかったけど。

「あの日の夜、私の部屋の窓から、大きな満月が見えたのね。だからお月様に向かって、お願いごとをしたの」

「お願いごと？」

「うん、『今朝のミツバチさん、村松さんを見かけたら、ちくりと刺してちょうだい』って」

石戸さんは楽しそうに笑っている。

「『今朝のミツバチ』って、あの日の朝のミツバチのこと？」

「そう。そのお願いごとが叶《かな》って、村松さんはミツバチに刺されたの」

「あれ、もしそうだとしたら、仕返しをしたせいで、お天気お姉さんは不機嫌になって、石戸さんが八つ当たりされたことにならない？」

「うん。でも、八つ当たりされても、その夜、ちゃんと仕返しをしたから大丈夫」

「でも、仕返しをすると、お天気お姉さんは不機嫌になって」

「私が夜に仕返しをする」

「でもそしたら、お天気お姉さんは不機嫌になって」

「私が夜に仕返しをする」

あれあれ、ぐるぐる回ってるぞ。まるで、お天気お姉さんが何度もミツバチに刺されて、石戸さんが何度も八つ当たりされているみたいだ。

「ちょっと待って。お天気お姉さんは、何回ミツバチに刺されたんだっけ」と、僕は混乱した頭で訊いた。

「一回だよ。仕返しをしたのも、一回だけ」

謎その5

どうなってるんだろう。

もし、石戸さんが仕返しをしなかったとすると、お天気お姉さんはミツバチに刺されないわけだから、石戸さんは八つ当たりされることもない。そうすると、仕返しをする必要もなくなる。そうすると、お天気お姉さんはミツバチに刺されない。そうすると、仕返しをする必要もなくなる。あれれ、こっちもぐるぐる回ってるじゃないか。

ぐるぐる回りが二つある。お天気お姉さんがミツバチに刺されて、石戸さんが仕返しをするぐるぐる回り。もう一つは、お天気お姉さんがミツバチに刺されず、石戸さんが仕返しをしないぐるぐる回り。

石戸さんはあえて、仕返しをするほうのぐるぐる回りを選んだのだろうか。でも、石戸さんが仕返しをするほうを選ぶには、その前に、お天気お姉さんが石戸さんに八つ当たりをしないといけない。ということは、まずはお天気お姉さんがミツバチに刺されなきゃいけない。でもそれは、石戸さんが仕返しでやったことだった。けれども石戸さんが仕返しをするには、八つ当たりをされないといけないから、まずはお天気お姉さんがミツバチに刺されてくれないといけない。でもそれは石戸さんが仕返しでやったことで、だとすると、ああ、またぐるぐる回ってきりがない。

いったいどうやったら、仕返しをするほうのぐるぐる回りを選んで、そっちに入れるのだろう？　大きな満月がそれを叶えたのだとしたら、どんな力で叶えたのだろう？

とにかく、石戸さんが願いごとをしたのは事実だ。だとしたら石戸さんは、お天気お姉さんの八つ当たりも含めて、そのぐるぐる回りをまるごと引き受けたということだろうか？　いったいなぜ石戸さんは、そんなものを引き受けたのだろう？

僕はもうすっかり、石戸夕璃とのツアーを満喫しているようだ。

謎その6・何もかもが小さく見えたら、どんな感じ？

やがて、バスは終点に到着した。

僕は窓の外を見た。

「石戸さん、ここで降りるの？」

「そう、ここだよ」

でも、奇妙だ。市営温泉のバス乗り場って、こんなところだっけ。こんなところだったような、こんなところじゃなかったような。

それに、バスはここへくるまで、一度も止まらなかった。乗客はずっと僕たち二人だけだった。なんだかおかしい。

石戸さんと僕はバスを降りた。その途端、僕はよろめいて座り込んでしまった。

「どうしたの草野くん。気分が悪い?」

「おかしいな。急に何もかもが小さく見えるようになったんだ」

「大丈夫だよ。何も小さくなってないよ」

「ほら、石戸さんも小さく見える。自分の体も、バスも、建物も、何もかもが小さく見える」

「どうしちゃったのかな」

「ゆっくりなら、歩けるかもしれない」

僕は慎重に立ちあがり、石戸さんに支えてもらいながら、一歩ずつ前に進んだ。目を閉じたほうが楽に歩けた。目を開けると、何もかもが小さく見えて、うまく歩けなくなってしまう。

ベンチが見つかったので、ひとまず座ることにした。

「何だろう。こんなの初めてだ」

「しばらくここで休もう」

謎その6

僕がベンチにもたれているあいだ、石戸さんは立ちあがり、ベンチの脇にある周辺地図を見ていた。

しばらくして、立ちあがれそうな気がしたので、ゆっくりと立って、周辺地図を見てみた。

地図も、ひどく小さくしか見えない。書いてある文字は、いくら目を凝《こ》らしても読めない。

「何が書いてあるの？」と訊くと、石戸さんは、

「『ノーウェア・スパの街へようこそ』だって」と言った。

「ノーウェア・スパ？」

「〈どこでもない温泉〉ってことかな」

どこでもない温泉？

なんだそれは。

「石戸さん、ここ、やっぱり市営温泉じゃないよね」

「ノーウェア・スパというところみたい」

「少し歩いてみようか」

「大丈夫?」

「ゆっくりなら」

二人で歩くあいだ、石戸さんはささやくような声で、英語の歌を口ずさんでいた。

He's a real nowhere man
Sitting in his nowhere land
Making all his nowhere plans for nobody

石戸さんの英語の歌のせいか、ここが外国の街のようにも見えるし、でも日本の街のようにも見える。

「何の歌?」

「『ノーウェア・マン』っていう、ビートルズの歌だよ。〈どこにもいない男〉の歌」

「ノーウェア、か」

「〈どこでもない温泉〉とか、〈どこにもいない男〉とか、何なんだろうね。あ、草野くんが考えた、〈どれでもないバス〉っていうのもあったね」

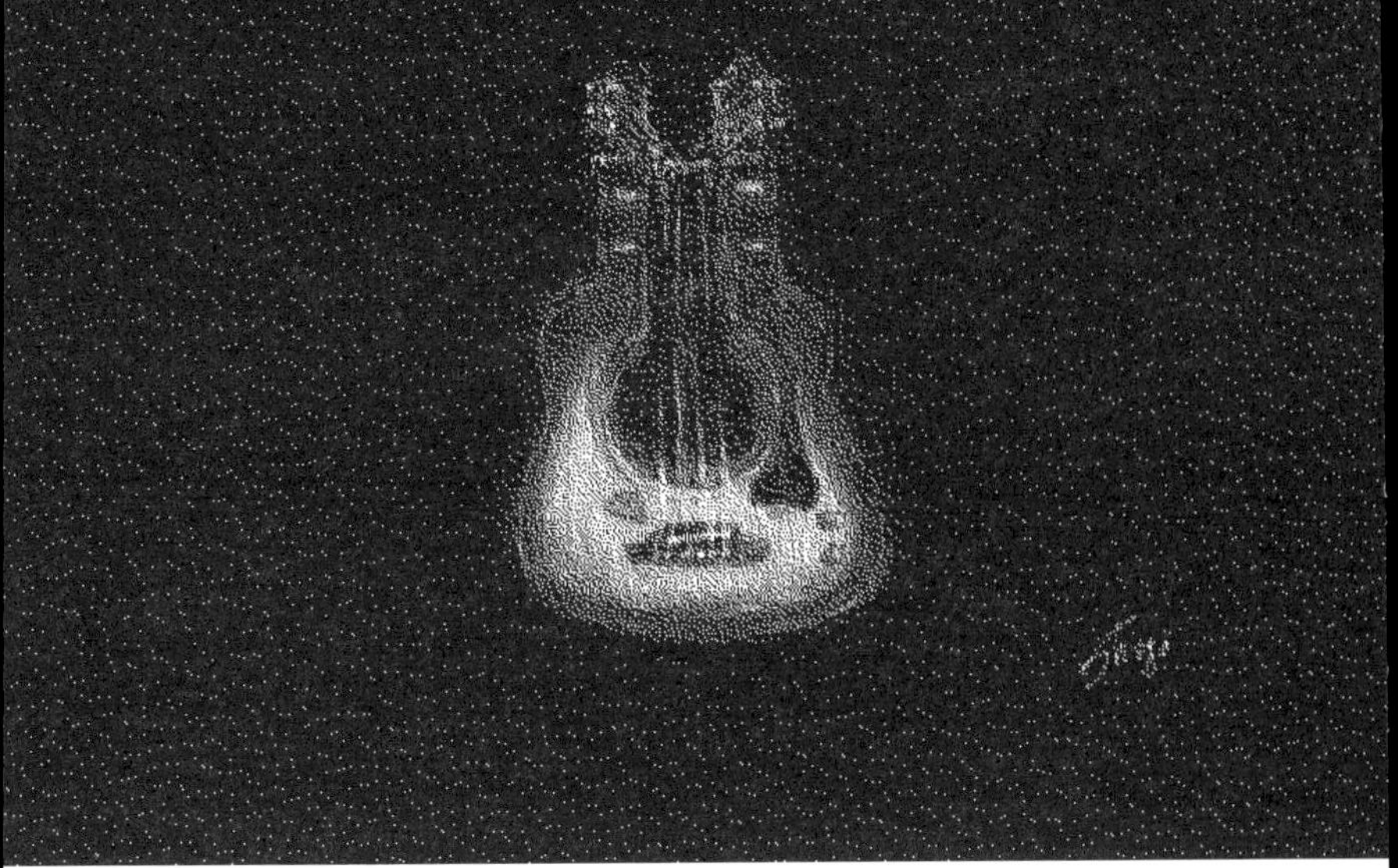

僕が考えたんだっけ。
「〈どこにもいない男〉は、どんな男なの？」と僕が訊くと、
「ビートルズによると、視点というものがない男。自分の行き先もわからない人」
そう石戸さんは言って、つづきを歌い始めた。

Doesn't have a point of view
Knows not where he's going to
Isn't he a bit like you and me?

「ちょっと君と私に似てやしない？　だって、似てるよね、私たちに。私たちも、行き先がわからない」

こんなときに楽しそうだなあ、石戸さんは。
隕石のことは忘れていないだろうな、まさか。

謎その7・遠くの物ほど小さく見えるのはなぜ？

しばらく歩いていると、広場のようなところへ出た。

広場に面して、いろんな建物がある。とんがり屋根の建物が、広場に影を落としている。太い柱がいくつもついた建物もある。人はまばらで、荷車が一つ停まっている。小さくしか見えないので、何を積んでいるのかはわからない。うまく歩けるようにはなってきたけど、見えるものはまだ、ぜんぶ小さいままだ。

「荷車で果物を売ってるね。おいしそう。あっちにはパン屋さんもある」と石戸さんは言った。

「そろそろお昼じゃない？　お腹は空いてない？」

そう訊かれても、

「歩けるようにはなってきたけど、うまく口に物を運べるかなあ」と自信なく答えるしかなかった。

すると石戸さんは、「ちょっとここで待っててね」と言った。そして、広場の向こうから歩いてくる人のところへと向かっていった。石戸さんは、その人と何か言葉を交わし、戻ってきた。

「病院へいってみない？　広場をこのまま通り抜けて、向こうの道に入ったところにあるって」

そうだな。目や脳に異常があったら嫌だし、いい薬をもらえるかもしれない。

広場を通り抜けると、病院はすぐに見つかった。それは、古い洋館のような建物だった。僕には、きれいなミニチュアの家のように見える。ミニチュアの洋館の庭に、とびきり小さなバラの花が咲いている。

ドアを開けて中に入ると、そこは待合室になっていた。待っている人は誰もいない。緑色の絨毯《じゅうたん》の両側に、ソファが置いてある。

「いいですよ。入ってください」

謎その7

左手にあるドアの向こうからそう声が聞こえたので、僕たちはドアを開けて入っていった。

そこは診察室で、医者が椅子に座っていた。「どうぞ」と二つの椅子へとうながされ、石戸さんと僕は、医者の前に腰かけた。

「こんにちは。今日はどうされましたか？」

僕は自分の症状を説明した。

「なるほど。あなたはこの街の人ではないですね？」

「はい。二人でバスに乗っていたら、なぜかここにきてしまったんです」

「バスですか。それはそれは、遠くからおいでになりましたね」

「そんなに遠いところなんですか、ここは」

「それはもう、はるか遠いところです。なにしろ、夜空だってすぐ近くにあるようなところですから」

医者は、机のカルテに何かを書きつけて、ふたたび僕のほうを向いた。

「あなたの症状は、そのことと関係があります。考えてみてください。物は、近くにあると大きく見えますよね」

「はい。小さな虫でも、近くにいると大きく見えます」

「そのとおりです。どうしてだか、おわかりになりますか？」

「ええっと、どうしてだろう。考えたこともなかったです」

「それはですね、近くにある物ほど、具体的だからです」

近くにある物ほど具体的。どういうことだろう。

「あなたがたは、〈具体的〉という言葉を、どういうときに使われますか？」

医者がそう訊くと、石戸さんがこう答えた。

「『具体的な例を挙げてください』と言うときは、実際にあるものを挙げてほしいときでしょうか。あと、『具体的に言ってください』と頼むのは、細かいところまで詳しく教えてほしいときでしょうか」

「そう、そのとおりです」と、医者は石戸さんを見て言った。

「〈具体的〉というのは、〈実際にあること〉とか、〈細かいところまで詳しいこと〉とか、そんなような意味です。そして、物は近くにあればあるほど、実際に存在するように見えて、細かいところまで詳しく見えます」

たしかに、近くにいる虫は、実際にリアルに存在するように見えるし、細かい部分ま

謎 その7

で詳しく見える。

医者はこうつづけた。

「反対に、物は遠くへいけばいくほど、実際にあるのかどうかわからなくなり、細かいところは見えなくなってしまいます」

たしかにそうだ。ものすごく遠くを飛んでいる飛行機は、小さな点のように見えて、本当にあるのかどうかもわからなくなってくるし、細かい部分はまったく見えない。

「つまり、遠くにある物ほど、〈具体的〉の反対、すなわち〈抽象的〉なのです」

遠くにある物ほど抽象的。むずかしいな。むずかしいけど、つじつまは合っている気がする。

「そのことが、僕の症状と関係しているんですか?」

「はい。まさにそうです。あなたがバスに乗ってやってきたこの街は、はるか遠くの街です。ということは、あなたにとってこの街は、抽象的な街なのです。だから、この街にある物すべてが、小さく見えるのです」

「抽象的な街、ですか」

「はい、抽象的な街です。あなたにとってこの街は、どの街でもない、まさにノーウ

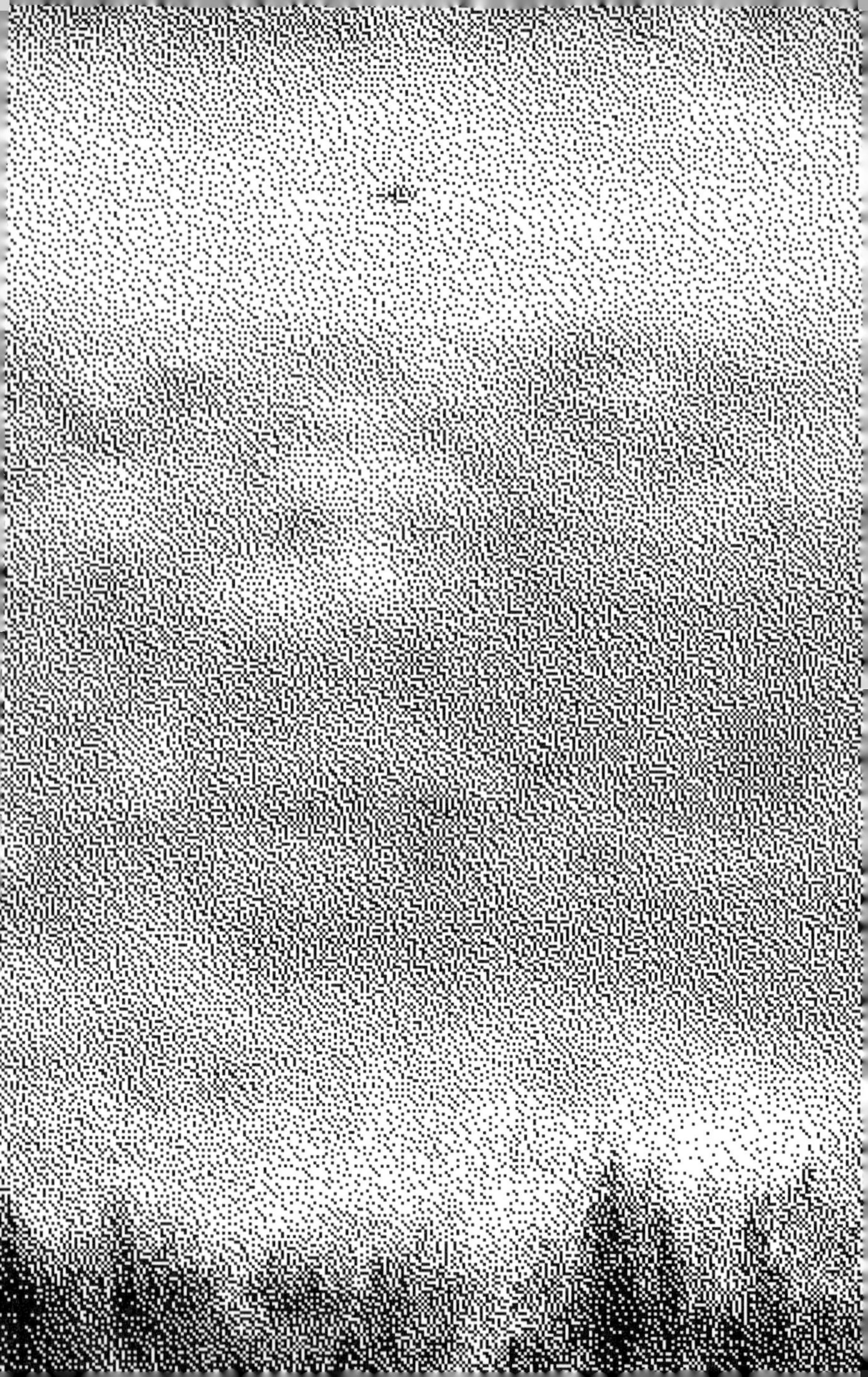

ェアです」

ノーウェア・スパ。この街の名前だ。そういえば、この街は外国のようでもあるし、日本のようでもあるし、何だかよくわからない。それはこの街が、抽象的な街だからなのか。

でも、石戸さんも一緒にバスできたのに、どうして石戸さんは何ともないんだろう。そのことを医者に訊くと、医者は石戸さんを見て、こう言った。

「それはこの方が、普段から世界を、抽象的なものとして見ているからではないでしょうか。いつも世界を遠くに見ているから、はるか遠くのこの街を見ても、変化を感じないのでしょう」

そういえば石戸さんは、遠くを見ているような顔をすることがある。

石戸さんは世界を遠くに見ているのか。

とにかく、僕は病気ではないようだ。よかった。でも、このままだと、食事もできそうにない。困ったな。

医者は僕のほうを向いて言った。

「心配はいりませんよ。小さく見えるのはなかなか治りませんが、体を動かすのにはすぐ慣れてきますから」

「うまく物を食べられるようにもなるでしょうか」

「それも心配いりませんよ」

医者はそう言うと椅子から立ちあがり、部屋の奥の窓のところにある、ガスコンロの火をつけた。ガスコンロの上には、青いポットが置いてある。医者は戻ってくると、

「ちょっとお待ちくださいね。お湯を沸かしていますから」と言った。

お湯が沸くのを待つあいだ、医者はこんな話を聞かせてくれた。

謎その8 ・ オリオンの背中、どうすれば見られる？

医者は、穏やかな声で、話を聞かせてくれた。

さきほども言いましたが、この街は、夜空がすぐ近くにあります。ある夜、オリオンが、私に相談をもちかけてきたことがありました。そう、あのオリオン座のオリオンです。ずいぶん年齢を重ねたので、健康診断をしてほしいと言うのです。

「何を弱気なことをおっしゃいますか、オリオンさん。あなたはいつも変わらず、雄々《おお》しい姿でいらっしゃるではありませんか」

私はそう言いました。

ところがオリオンによれば、体の外側は問題ないが、体の内側が心配だということでした。

なかでもとくに、背骨の心配をしていました。毎夜、天を駆ける体です。背骨への負担で、腰痛が始まったりすれば、引退せざるをえなくなるかもしれない。そんな心配を話してくれました。

「なるほど。では、背中を見せていただきましょう」

そう言ってはみたものの、はて、どうしたものだろう。いったいどうすれば、オリオンの背中を見ることができるでしょうか。

思案の末、私は思い切って、オリオンのうしろに回り込んでみることにしました。そうすれば、オリオンの背中の骨格がわかると考えたのです。

ただ、オリオンのうしろに回り込むといっても、単

謎 その 8

純にはいきません。

オリオンの首、肩、腰、足。それらはどれも、地上からは同じだけ離れているように見えます。ですが、実際には、彼の体の部分はそれぞれ、地上からてんでバラバラな距離に離れているのです。たしかにこれでは、疲労が蓄積しかねません。

とにかくオリオンの向こう側に回ってみようと、私はオリオンの五〇〇光年ほどうしろまでいきました。

そこから撮った写真が、これです。

とても意外でした。写っているのは、オリオンの右肩と、左肩、それから腰の一部だけです。オリオンの背中をちゃんと見るには、もっとうしろへ下がらなければいけなかったのです。つまりそれだけ、オリオンの体の部分は、地上からバラバラなところに離れてあるということです。

そこで私は、さらにその五倍もうしろに下がりました。オリオンのうしろ、二五〇〇光年まで下がり、そこでシャッターを切ったのです。
　そうして撮れた写真が、これです。

「オリオンさん、ベルトの片端が落ちていますね。診察のために外してくださったのですか。さてと、見たところ、右肩の骨格が発達していますが、背筋はまっすぐで、背骨はいたって健康に見えます。首の骨がだいぶ伸びているようですが、問題はないでしょう」

　オリオンは満足そうでした。とくに、首の骨が長くなったのは、自分が猟師で、いつも獲物を探しているからだと言って、うれしそうでした。

　きっと今夜も、雄々しく天を駆けていくことでしょう。

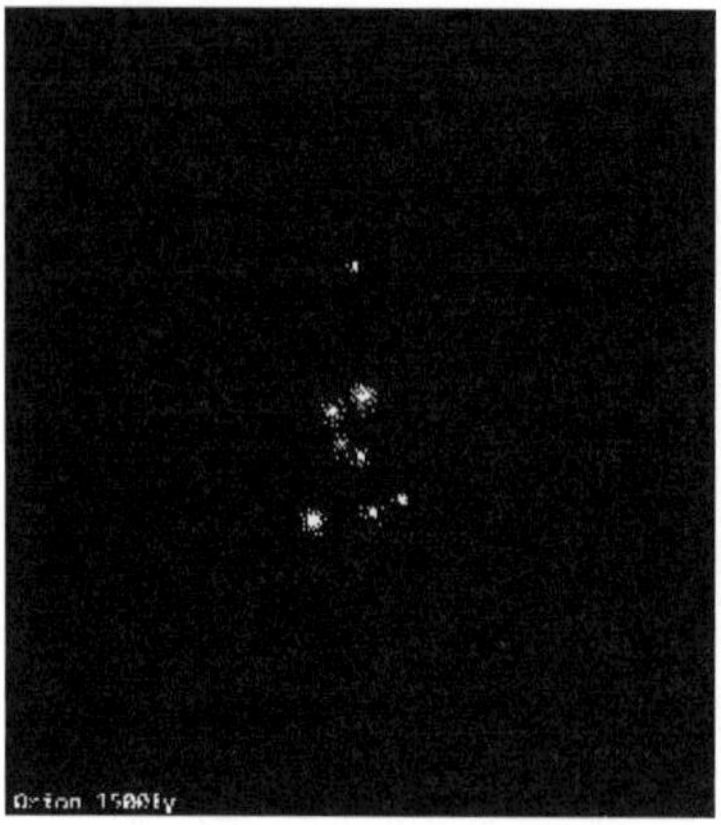

謎 その9
宇宙の外にはどうすればいける？

医者はコンロで沸かしたお湯で、石戸さんと僕に紅茶をいれてくれた。木のサイドテーブルを僕たちの前に動かして、その上に、二つのティーカップを置いた。

「これを飲んでいるうちに、食事もできるようになりますよ」と医者は言った。

小さく見える自分の右手を、小さく見えるカップへ伸ばそうとする。距離感がうまくつかめない。ゆっくり、おそるおそる、右手の位置を調整して、カップに触れた。見た目に比べてカップが異常に大きく感じられて、一瞬びっくりした。触れた指の感触をよく確かめると、それはたしかにカップの持ち手だ。さて、今度はカップをもちあげ、口のほうへ運んでこなければいけない。少し間違えれば、熱い紅茶が自分にかかってしまう。練習というより、修行だ。

医者の言ったとおり、少しずつスムーズに紅茶を飲めるようになってきた。飲み終える頃には、あまり意識しなくても、動作ができるようになっていた。

診察料を払おうとすると、医者は「そもそも病気の話をしていないし、あなたがたはこの街のお客さんだから」と言って受けとらなかった。僕と石戸さんは、お礼を言って外へ出た。

「石戸さん、ありがとう。ほんと助かったよ」

「よかった。じゃあ、いよいよお昼ご飯にする?」

「そうだね」

「さっきのパン屋さんにいってみない? お店の外に、いくつかテーブルもあったよ」

僕たちは広場まで戻り、パン屋に入った。いろんな種類のパンと、おいしそうなサンドウィッチも売っていた。僕たちはサンドウィッチと、それから二人ともオレンジジュースを買い、外のテーブルの席に座った。気持ちのよい風が吹きぬけている。

ああ、よかった、サンドウィッチもうまく食べられる。このサンドウィッチも、どれでもないサンドウィッチなのだろうか。

謎その9

一息つくと、大事なことが気になり始めた。

「あのさ、石戸さん、こんなことになっちゃって、隕石は見にいけるかな」

「隕石ね」と言って、石戸さんは鞄を開け、『アルゴナウティカ』を取りだした。そして、本をテーブルの真ん中に広げた。

「この本には、長い長い解説がついていて、〈ゼウスの鞠《まり》〉についても説明がしてある」

「へえ、何て書いてあるの？」

「えっと、あった、このページ。〈ゼウスの鞠〉は、ギリシャ語では〈スファイラ〉といって、おそらく天球のことであるって」

「天球って、夜空が丸いドームになったような、あの天球のこと？」

「そう、プラネタリウムみたいな、夜空のドーム。たくさんの星が、天球のドームの内側にちりばめられてる」

「〈ゼウスの鞠〉って、ものすごく大きなおもちゃなんだね」

「でもちょっと、おかしいと思わない？」

「何が？」と、僕はサンドウィッチをほおばりながら言った。

「だって、〈ゼウスの鞠〉を投げると、流星のように光る尾が出る。『アルゴナウティカ』にはそう書いてあるけど、〈ゼウスの鞠〉が天球のことだったら、その尾はどこにできるの?」

「そうか。流星なら、天球のドームの内側のどこかに尾ができる。でも、天球そのものの尾は、どこにできるんだろう?」

「天球の外に尾ができるのかな」

「それって、夜空の外ってことだよね?」

「そうだとすると、宇宙の外ってことかな」

「宇宙の外に尾ができる……。〈ゼウスの鞠〉って、普通の流星とはまるで違うものなんだね」

石戸さんがバスで見せてくれたのは、『アルゴナウティカ』の、〈ゼウスの鞠〉が出てくる箇所だった。そこにはアンダーラインと、日付が書いてあった。その日付は、長野に卵型の隕石が落ちた日。

だとすると、〈ゼウスの鞠〉と卵型の隕石とのあいだには、何かつながりがあるはずだ。どういうつながりだろう。それがそもそもの謎だったのに、〈ゼウスの鞠〉が流星とか隕石のことじゃないとすると、謎はますます深まってしまう。

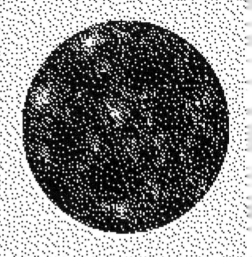

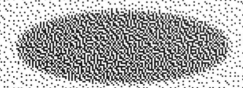

「私、この街に何かヒントがあるような気がする」と石戸さんは言った。

「どうして？」

「〈ゼウスの鞠〉は天球で、普通の流星のことじゃない。そのことは私も引っかかってた。でもこの街は、天球のドームに近いところにある」

「天球のドームに近いところ？」

「だって、さっきのお医者さん、この街は夜空がすぐ近くにあるって言ってたでしょ？」

「そうか。夜空が近いってことは、天球のドームにも近いってことか」

プラネタリウムの中の、一番ふちのところにいるようなイメージを、僕は思い浮かべた。

「だからオリオンと話したり、オリオンのうしろにいったりもできるのか」と僕は言った。

「天球の外にもいけるのかな」

「天球の外にいくということは、〈ゼウスの鞠〉の外に出るっていうことだから……」

「そうだよ、草野くん！　〈鞠〉の持ち主、ゼウスに会えるかもしれない！」

謎 その9

石戸さんと僕は昼食をすませ、天球の外にいく方法を訊くために、医者のところへ戻ることにした。

謎 その10

〈宇宙の真珠〉があるとしたら、それは何？

病院へ戻ると、ドアには「休診中」という札がかかっていた。

呼び鈴を押しても、誰も出てこない。

ここで待っていても、いつになるかわからない。石戸さんと僕は、街を歩いてみることにした。

それにしても、この街は人通りがやけに少ない。

「かりに天球の外へいく方法があったとしても、やっぱりわからないな」と、僕は歩きながら言った。

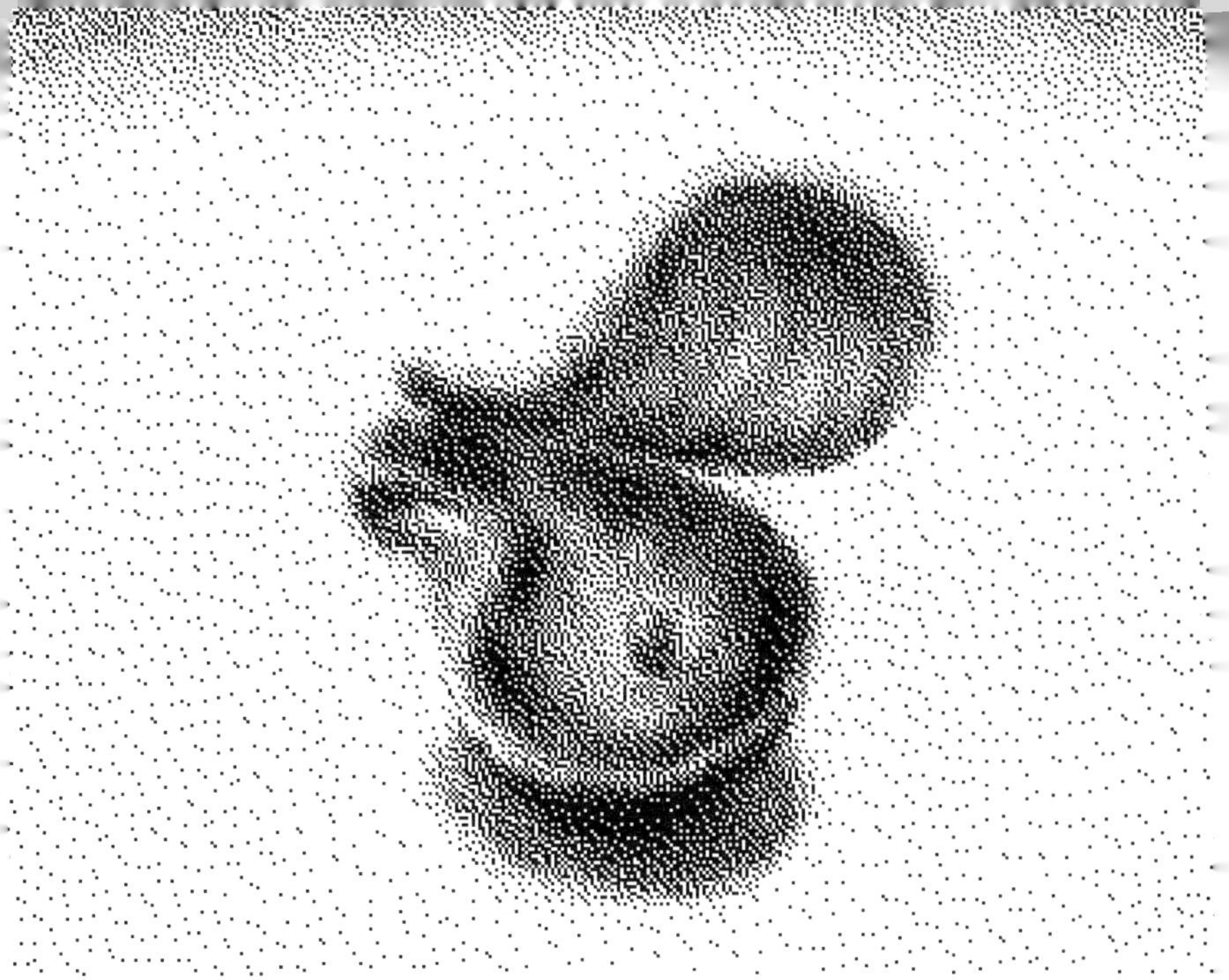

「何がわからない？」

「〈ゼウスの鞠〉が天球のことだとすると、長野に落ちた卵型の隕石とのつながりは、いったい何だろう？」

「もしつながりがあるとしたら」と石戸さんは言って、言葉を探している。

沈黙のあと、石戸さんは、

「卵型の隕石は、宇宙の真珠みたいなものかもしれない」と言った。

「宇宙の真珠？」

「うん。軟体動物の貝は、体の外に貝殻を作るでしょ？　でも、まれに体の中で貝殻を作ることがあって、それが真珠になるんだって」

「そうなんだ。真珠って、〈貝殻の中

にある貝殻〉なのか」

「うん。宇宙が貝だとしたら、天球は宇宙を包む貝殻みたいなもの。だから、宇宙の真珠は、〈天球の中にある天球〉」

「真珠は〈貝殻の中にある貝殻〉。宇宙の真珠は〈天球の中にある天球〉。そうか！それが卵型の隕石の正体」

「もしかしたらね。貝が作る真珠も、卵型になることがある」

「〈ゼウスの鞠〉は天球で、卵型の隕石は〈天球の中にある天球〉か。そう考えると、たしかにつながりができる」

「もしそうだとしても、〈天球の中にある天球〉って、どういうことだろうね。貝殻の中に貝殻ができるのはわかるとしても、天球の中に天球ができるって、どうやってできるんだろう？」

そう言って、石戸さんは考え込んでしまった。

僕も考えてみよう。えっと、天球は、宇宙を包む殻みたいなものだ。ということは、〈天球の中にある天球〉は、〈宇宙の殻の中にある宇宙の殻〉みたいなものだ。そうすると、〈宇宙の殻の中にある宇宙の殻〉って、うーん、どういうことだろう？

謎その10

宇宙の殻……それって、宇宙の果てみたいなものだよな。だとすると、〈宇宙の殻の中にある宇宙の殻〉は、〈宇宙の果ての中にある宇宙の果て〉だろうか。でもそんなの、宇宙の中にあるんだったら、宇宙の果てじゃなくないか?

ああ、頭がパンクしそうだ。

謎その11

〈抽象的な猫〉について人と話せるのは、どうして？

石戸さんと僕は、ふたたび広場まで戻ってきた。

ここ、ノーウェア・スパは、どの街でもない、抽象的な街。するとこれは、どの広場でもない、抽象的な広場なのだろうか。

寂しげで、とんがり屋根が影を落とす広場。抽象的と言われれば、何となくそんな感じがしないでもない。

ということは、僕はいままで、「広場」というものを抽象的に思い描くとき、こんなふうに思い描いてきたのだろうか。自分が思い描いてきたはずの〈抽象的な広場〉を具体

謎 その11

的に思い出そうとしても、むずかしい。そもそも、抽象的なものを具体的に思い出すことって、できるんだろうか。

「ここが〈抽象的な広場〉だとしたら、石戸さんにも同じような広場が見えてるの？」

「同じように見えてるんじゃないかなあ。広場にパン屋さんがあることについても一致してたし、そこで一緒にお昼も食べたし」

「どこかの具体的な広場についての一致するならわかるけど、〈抽象的な広場〉なのに、石戸さんと僕で一致してるのは、なんでだろう？」

「ためしに、〈抽象的な猫〉の話をしてみる？」

「〈抽象的な猫〉の話？　どうすればいいの？」

「猫って、肉食だよね」

「うん、肉食だよ」

「しっぽの短い猫って、いるのかな」

「珍しいだろうけど、いると思うよ。事故でしっぽが短くなった猫がいるかもしれない。もともとしっぽが短い種類もいるかもしれないし」

「いま私たち、とくにどの具体的な猫について話してたわけでもないよね？」

「たしかにそうだね」

「でも、猫が肉食だっていうことについて、一致してた」

「それはそうだね」

「それに、『しっぽの短い猫』も、とくにどの具体的な猫っていうわけでもないのに、そういう猫について一緒に話すことができた」

「いま話してた『しっぽの短い猫』は、〈抽象的な猫〉だったってこと？」

「うん。〈抽象的な猫〉のおしりに、〈抽象的な短いしっぽ〉がついてる感じ」

「そうか。とくにどの具体的な猫を思い浮かべるわけでもなく、そういう猫は珍しいだろうって僕は言った」

「そうしたら、〈抽象的な猫〉のおしりに〈抽象的な短いしっぽ〉がついてるみたいに、〈抽象的な広場〉に〈抽象的なパン屋さん〉がついててもいいのかもしれない」

「僕たちは、そういうものについて一致したり、それについて話したりできるってこと？」

「うん。〈抽象的な広場〉の〈抽象的なパン屋さん〉で、一緒にお昼を食べることも」

ああ、またまた頭がパンクしそうだ。

でも、医者の話が本当なら、石戸さんの言うことが正しいことになるのか……。

謎その12・あなたを導くものは何？

石戸さんと僕は、広場から放射状に広がるいくつかの道のうち、一番大きな通りへと入っていった。

その通りを歩いていくと、つきあたりに、エジプトの神殿のような建物が見えてくる。

僕たちは、まるで観光客みたいに、その建物に吸い寄せられていった。

建物には大きな入口があり、扉はついていない。入口に向かって右側には、巨大なライオンの彫刻。向かって左側には、同じくらい巨大な蛇の彫刻が立っている。

僕たちは建物の中へと入っていった。

中は暗く、卵のようなにおいが立ちこめている。硫黄《いおう》のにおいだ。

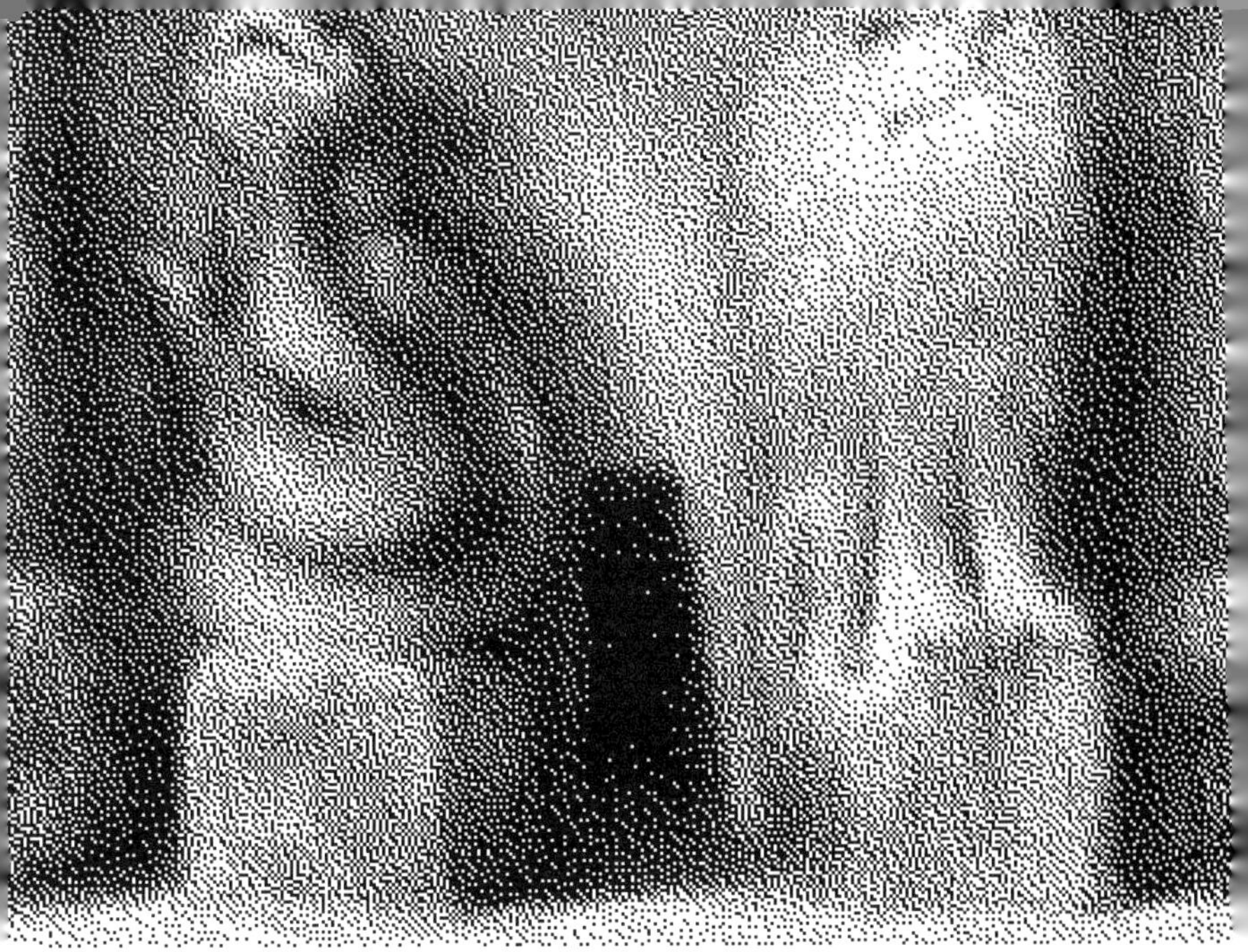

僕たちが入ってきた入口から、暗い空間の中へ、光が射し込んで消えている。ほかには、高い天井に、一つだけ穴があいていて、そこから入る光しかない。天井の穴を見あげると、まるで満月みたいだ。そのまわりには、雲のようなものまで漂っている。

暗い洞窟のようなところだけど、かなり広い空間らしい。水の流れる音が反響して聞こえてくる。

石戸さんと僕がまっすぐ歩いていくと、水の音が次第に大きくなってくる。そして、池のようにためられた水が、向こうにうっすらと見えてきた。

そのまま進むと、ためられた水が波立

ち、湯気がたっているのが見えてきた。

温泉だ。

「そこまで！」という低い声がとつぜん響いたので、石戸さんも僕もびくりとして立ち止まった。

「それより先は、サルファーが厳しい」と、その声は言った。

僕が小声で「サルファー？」と訊くと、石戸さんは「硫黄のこと」と答えてくれた。

これ以上進むと、硫黄の濃度が高くて危険なのだろうか。

立ち止まっていると、ためられた温泉の向こうに、三つの人影があらわれた。

真ん中には、黒いローブをまとった女。向かって右側には、体格のがっしりした男。

向かって左側には、やせた長身の男。

向こう側には、椅子が一つ置いてある。黒いローブの女は、その椅子に腰かけた。二人の男はその両側に立った。男たちは白いローブをまとっている。

しばらくのあいだ、水の音だけが響き、湯気が動いていた。

とつぜん、女がうなるような声を発した。その声は長くつづいたが、理解できる言葉にはなっていなかった。

謎 その12

すると、体格のがっしりした男が杖をかかげ、

「女と男は！」と言った。

それにつづき、やせた長身の男が杖をかかげ、

「遠い道のりをきた！」と言った。

そして二人とも杖を下げた。

体格のがっしりした男の杖には、大きな黄色い石がついている。やせた長身の男の杖には、大きな青い石がついている。二つの石は、鈍《にぶ》い光を発しているように見える。

「そうなんです」と僕が言い終える前に、また女のうなるような声が始まった。

その声がやむと、体格のがっしりしたほうの男が杖をかかげ、

「女と男に！」と言い、次にやせた長身の男が杖をかかげ、

「みことばを授ける！」と言った。

僕が小声で「みことば？」と訊くと、石戸さんは「お告げかな、神様の」と小声で答えた。

たぶん、黒いローブの女の声を、両側の二人の男が通訳しているのだろう。

長いあいだ、水の音だけが響き、湯気が動いていた。

黒いローブの女が、またうなるような声を発し始めた。その声が終わると、体格のがっしりした男が杖をかかげ、

「男と女は！」と言い、次にやせた長身の男が杖をかかげ、

「竪琴に導かれる！」と言った。

二人の男は杖をおろした。

石戸さんと僕が竪琴に導かれるってこと？　どういう意味だろう？　石戸さんに訊けばわかるだろうか。

すると、黒いローブの女が、座ったままゆらゆらと左右にゆれ始めた。ゆれが大きくなってきたかと思うと、女は立ちあがり、体格のがっしりした男の手から杖を取った。女がその杖の黄色い石を温泉にくぐらせると、黄色い石から炎があがった。ゆらめく光であたりが明るくなった。

女は、温泉のふちを回ってこちらへ歩いてくる。女が近づき、女の顔が炎に照らされるのが見えた。僕は思わず声をあげた。

「村松さん！」

「逃げなきゃ」と石戸さんは言い、僕の腕をつかんで駆けだした。僕たちは入口の光

に向かって走った。

ようやく入口のところまでたどりついた。うしろをふり返ると、向こうのほうから、炎がゆらめきながら近づいてくる。

僕たちはあわてて外へ逃げた。

謎その13

この人間の目から世界がありありと見えているのはどうして？

石戸さんと僕は、走って広場まで戻ってきた。

「お天気お姉さんがあんなところにいるなんて、どういうことだよ」と僕は息を切らせて言った。

石戸さんもわからないようだ。

広場には相変わらず人が少ない。ただ、人やとんがり屋根の影が、昼間より長くなっている。

謎 その13

「どうして逃げようと思ったの？」と僕は訊いた。

「あの人、温泉のガスの影響で、神がかりになってた。でも『みことば』のあと、こっちに歩いてきたときは、どこか様子が違った。危険な雰囲気だった」

「それは危なかった。炎で大やけどを負わされてたかもしれない」

〈みことば〉といえば、僕たちが竪琴に導かれるって言ってた。あれはどういう意味だろう。

そのとき、うしろから「こんにちは」と子どもの声がした。ふり向くと、小さな女の子が一人、立っている。

石戸さんと僕も「こんにちは」と挨拶をした。

「子どもの頃、どういうことが疑問だった？」

女の子は、僕たちを見あげてそう言った。

これはまた唐突だな。そう思っていると、石戸さんはすんなりと答えた。

「宇宙がこれからずっと永遠につづいていくって、どういうことなのか、疑問だったなあ。時間って、少しずつ経つものだから、永遠の時間が経つときなんて、絶対にこないはずでしょ？　それなのに、宇宙が永遠につづくだなんて。そんなこと本当に言える

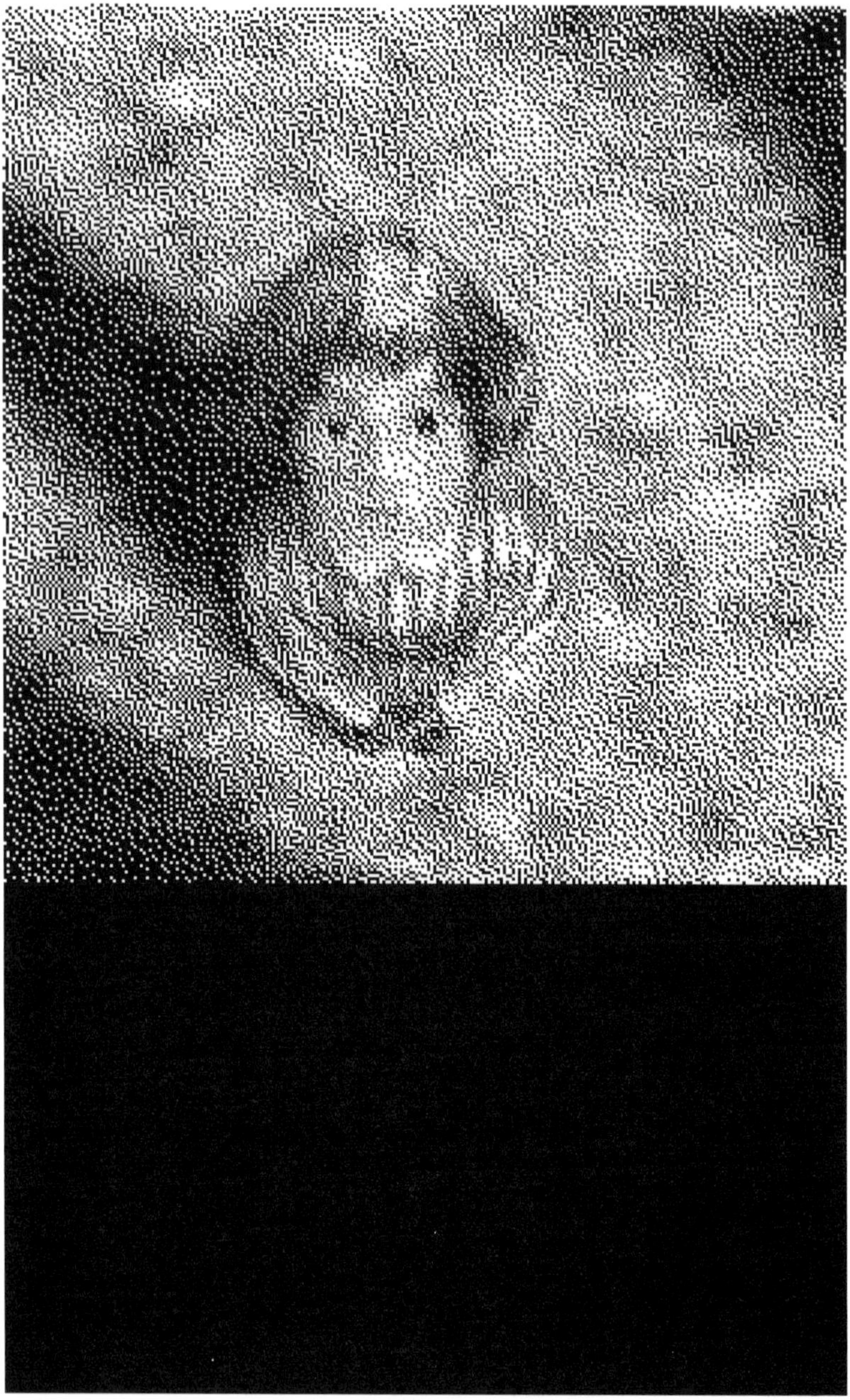

謎その13

のかなって」

「そんな疑問、初めて聞いたわ。とっても不思議」

女の子は目を輝かせながら僕を見て、

「お兄さんの疑問は?」と訊いてきた。

「ええっと、なんだろう……」

子どもの頃の疑問、たくさんあった気がするぞ。でもあらためて訊かれると、困ったな。

思い出そうとしていると、女の子は、石戸さんの手を取って歩き始めた。あれ、石戸さんも待ってくれないの?

「ちょっと待って!」と僕は二人のうしろ姿に向かって言った。

「僕もいろんな疑問があったよ。宇宙のこともそうだし、虫とか恐竜のこととか……あ、最近だと、どうして日常はつらいのかっていうことが疑問で……」

女の子はちらりとふり向いて、僕を見ている。

そうだ! 思い出した。すごく疑問に思っていたことがあった。

「そうそう! 僕が疑問だったのは、『どうしてこの人間が僕なんだろう』っていうこと。たくさんの生き物がいるけど、なぜかこの草野春人っていう人間だけ、ほかの生き物とはぜんぜん違う。なぜか草野春人が僕で、草野春人の目から世界がありありと見えてる。それはどうしてだろうって」

女の子は、

「思い出したのね。じゃあ一緒にきて」と言った。

よくわからないけど、置いていかれずにすんだようだ。

二人に追いつこうと歩き始めたとたん、大きな雷の音が響いた。晴れていた空は、みるみるうちに黒雲に覆《おお》われた。広場はあっという間に暗くなった。

大きな通りの向こうから、ゆらめく炎が近づいてくる。お天気お姉さん、つまり村松玲奈の顔をした、黒いローブの女だ。炎のついた黄色い石の杖をもって、広場に向かって歩いてくる。

広場にいた人たちはみんな、足早にいなくなってしまった。

「黒の人だわ」と女の子が言った。

「黒の人?」と僕は訊いた。

「うん。黒の人は、夜おそくにしか街を歩かないはずなのに」と女の子は言い、石戸

謎 その13

さんを見あげ、
「お姉さんが引き寄せたみたい」と言った。

謎その14・〈世界のうしろ〉はどこにある？

〈黒の人〉は、暗くなった広場の中へ歩いてくる。白いローブを着た二人の男は見あたらない。

杖についた黄色い石から炎があがり、黒い煙がもくもくと黒雲の中へ吸い込まれていく。

逃げたほうがいいんじゃないだろうか。でも、石戸さんと女の子は、じっと立ったままだ。

〈黒の人〉は、僕たちから少し離れたところで立ち止まった。そして、広場の中央のほうを向いた。

謎 その14

広場の中央には、空色の布をまとい、腰に剣を帯びた男が立っている。いつからそこに立っていたのだろう。

「あれは青の騎士」と女の子は言った。

その男をよく見て、僕は驚いた。

「石戸さん、あれ、区別さんだよ！」

「うん、よく似てる」

お天気お姉さん、つまり村松玲奈の顔をした〈黒の人〉と、区別さん、つまり国津恒の顔をした〈青の騎士〉。よく似てるというか、本人たちにしか見えない。

〈青の騎士〉は、〈黒の人〉に向かって大声で言った。

「まだ夜ではありません！　神殿の中へ戻るのです！」

異様な光景のはずだけど、会社で天敵どうしの二人が対峙しているようで、妙に見慣れた光景のようでもある。

区別さんの顔をした〈青の騎士〉は、昼と夜を区別して、それから神殿の中と外を区別して、その区別を、お天気お姉さんの顔をした〈黒の人〉に守らせようとしている。

ポリスチレンは資源ごみに入れなきゃいけないように、〈黒の人〉は昼のあいだは神殿にいなければいけないということか。

今度は〈黒の人〉が、〈青の騎士〉に向かって、あのうなるような声を発し始めた。

〈青の騎士〉は剣を抜き、剣の先を〈黒の人〉に向け、

「言葉に切り分けましょう」と言いながら、剣の先で三角形を描いた。

不思議なことに、うなっているようにしか見えない〈黒の人〉の口から、言葉が聞こえてきた。

「夜、影、闇、黒。お前はそれらを剣で切り分け、区別したつもりになっている。ふふ。大間違いだよ。夜も影も闇も黒も、切り分けられてなどいない。ぜんぶ、一つだ。ぜんぶ、世界のうしろでつながっている。私の黒い服は、お前の黒い影と、世界のうしろでつながっている。お前の黒い影は、この黒雲と、世界のうしろでつながっている。そしてあの女とも、世界のうしろでつながっている」

そう言って、〈黒の人〉は石戸さんを見た。

僕の頭の中に、大きな黒い紙が思い浮かんだ。黒い紙に、緑のクレヨンで色をぬって、丘を描く。白いクレヨンで家を描く。黒い服の人を描きたければ、服の色はぬらなくてもいい。服の部分は、黒い紙の色のままにしておけばいい。空が夜空なら、空をぬる必

要もない。黄色や白のクレヨンで、月や星を描くだけでいい。
そうやって絵を描いたとしたら、暗い夜空や、黒い服や、ほかの黒いものは、ぬられたクレヨンのうしろで、ひとつながりになっている。ぬられたクレヨンのうしろには、ただ一枚の黒い紙がある。そんなふうにして、この世界の黒いもの

は、ぜんぶ世界のうしろでつながっている。そういうことだろうか。

そういうことだとしても、いろんな黒いものが、石戸さんとも世界のうしろでつながっているなんて、いったいどういうことだろう？

〈青の騎士〉は、剣の先を〈黒の人〉に向けたまま言った。

「いずれにせよ、そもそもあなたが存在するのは、私のおかげです。私があなたを、ほかのものから区別して切り分けたのです」

「ふふふ。夜になれば、お前が何をどう切り分けようとも、すべては黒になる」

「その夜を、昼から区別して切り分けたのは、この私です」

「昼と夜が分かたれる前に、大いなる夜があったことを、お前は知らないのだな」

「大いなる夜？　そのようなものは存在しません」

「お前がいなくなればわかる」

〈黒の人〉は、杖についた燃える石を、〈青の騎士〉のほうへかざした。すると石から炎の塊が噴きだし、炎はライオンのかたちになった。炎のライオンは大きな口を開け、〈青の騎士〉めがけて走っていく。

〈青の騎士〉が剣を構えると、炎のライオンは剣にかみついた。剣は炎に包まれた。

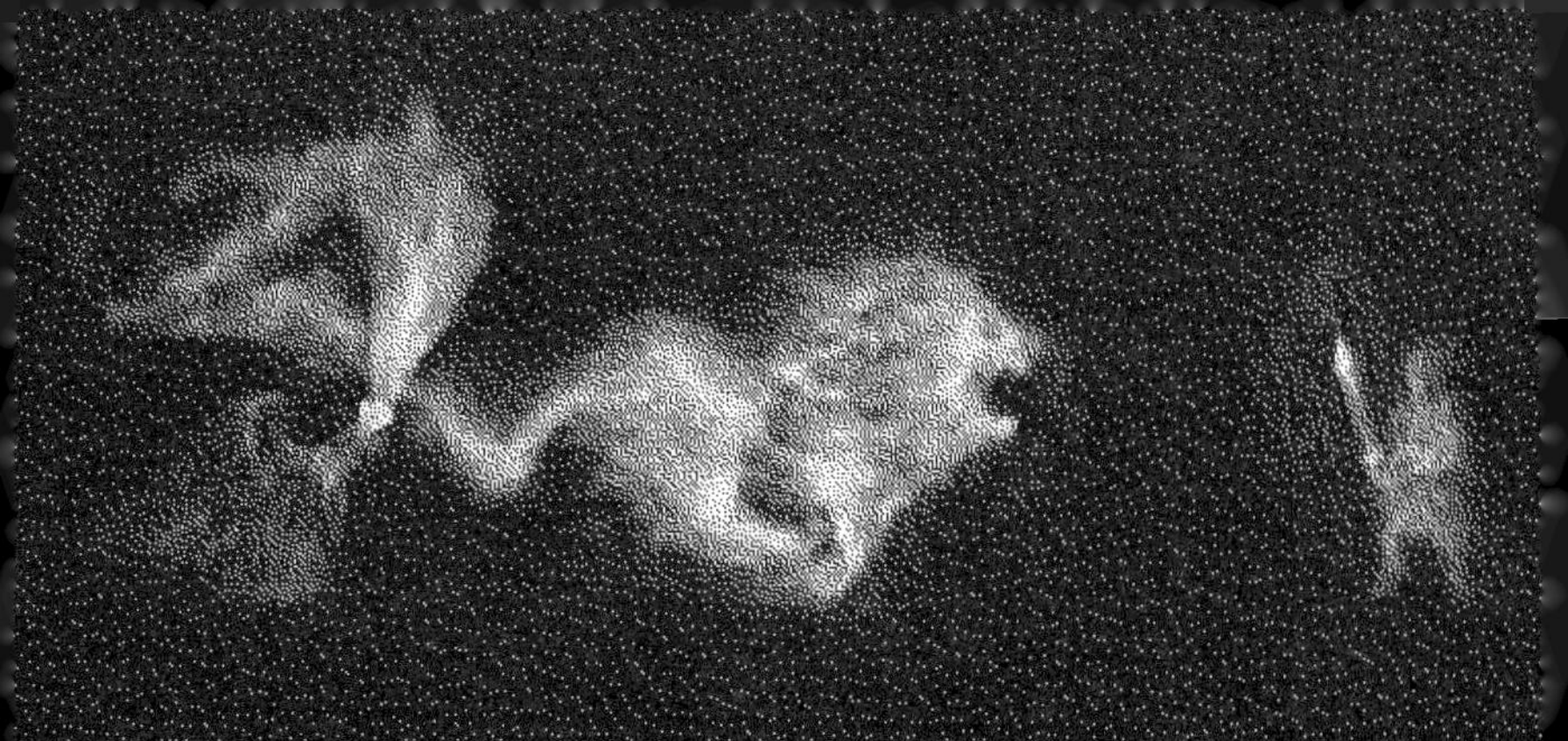

「剣もろとも溶けてなくなれ」と女の声が聞こえた。

「いかなる炎も、この剣を溶かすことはできません」

〈青の騎士〉は炎のライオンをいなすと、杖の石とライオンをつないでいる長い炎の尾を断ち切った。

杖から切り離された炎のライオンは、その場で〈青の騎士〉に向かって身構えている。

すると〈青の騎士〉はライオンを見たまま、剣の先を〈黒の人〉へと向けた。ライオンは〈黒の人〉のほうに向きなおり、〈黒の人〉めがけて走っていく。

〈黒の人〉はライオンに向けて杖の石をかざした。石から炎の塊が噴きだし、もう一頭のライオンがあらわれた。

二頭の炎のライオンは、互いに向かって飛びかかった。炎は一つに合わさり、混ざりあい、ますます大きく燃えさかると、巨大な一対の翼へと姿を変えた。

「ホルス様」と、僕の隣で女の子がつぶやき、両手を合わせた。

巨大な炎の翼は羽ばたき、上昇して、空の黒雲の中へと消えていった。

〈青の騎士〉は、剣を上に向け、剣の先で輪を描いた。すると、戦う二人のいるところにだけ、激しい雨が降り始めた。

「水の宇宙にいってつづけましょう」

〈青の騎士〉の声がそう言った。

急に黒雲が晴れ始め、豪雨があがると、二人の姿はなかった。

謎その15

〈一つにする力〉と〈区別する力〉は、どこで戦っている？

広場は何事もなかったかのように、夕暮れの景色になっていた。

広場の中央にできた水たまりに、オレンジ色の日光が反射している。石戸さんと女の子と僕の三人だけが、広場に取り残されて立っていた。

「〈黒の人〉と〈青の騎士〉は、いつも対立しあっているわ」と女の子は言った。

会社の「お天気お姉さん」と「区別さん」と、顔だけじゃなくて、対立関係まで同じだ。

「その対立のおかげで、私たちはこうして生きてる」と石戸さんは言った。

「どういうこと？」

僕が訊くと、石戸さんは、

「〈黒の人〉は〈一つにする力〉をもっていて、〈青の騎士〉は〈区別する力〉をもっている」と言い、両方の手のひらを見た。

「私のこの体があるのは、たくさんの細胞を一つにする力がはたらいていて、それと同時に、この体をほかのものから区別する力がはたらいているから」

「なるほど、〈一つにする力〉と〈区別する力〉の両方がはたらいて、一つの体があるのか」

僕はなぜかこの体で生きているけど、それも〈黒の人〉と〈青の騎士〉の両方の力のおかげ、というわけか。

「そもそも人間がいるのも、人間という生き物を一つの種類にまとめる力がはたらいていて、それと同時に、人間をほかの種類の生き物から区別する力がはたらいているから」

そう石戸さんが言うと、女の子がこうつけ加えた。

「この街があるのも、〈黒の人〉がたくさんの人や建物を一つにまとめていて、〈青の騎士〉が街の中を街の外から区別しているから」

謎その15

〈一つにする力〉と〈区別する力〉がせめぎ合いながらはたらいて、人間がいたり、街があったりするわけか。

ということは、人間や街だけじゃなくて、山も海も太陽も、ありとあらゆるものがそうだ。どんなものをとっても、それを一つのものにする力と、それをほかのものから区別する力が、同時にはたらいている。

あの二人、「お天気お姉さん」と「区別さん」に衣装を着せたみたいな人たちだけど、宇宙のすみずみにまでいきわたるような、すごい力の持ち主だったのか。

「すごい人たちなんだね」と僕が言うと、女の子が答えた。

「人によっては、〈黒の人〉が悪魔の使いで、〈青の騎士〉が神の使いだって言ってる。でも、別の人たちは、〈黒の人〉が神の使いで、〈青の騎士〉が悪魔の使いだって噂してる。たしかなのは、二人が恐れられてるということ」

まだわからないこともある。「昼と夜が分かたれる前に、大いなる夜があった」と〈黒の人〉は言っていた。〈青の騎士〉はそれを信じていないようだった。あれはどういうことだろう。

それから、〈黒の人〉と石戸さんとの関係は？

「どうして石戸さんが、〈黒の人〉を引き寄せてしまったの？」

これについては、女の子も、石戸さん本人も、わからないようだった。

謎その16

悪徳商法を手伝う着ぐるみは・有罪？ 無罪？

「二人は神殿にいったの？」

女の子は僕たちに訊いた。

「いったというか、何となく入り込んでしまったというか……」

「それで私たち、竪琴に導かれるって、〈黒の人〉に言われたの」

「竪琴……。リラのことかな」と女の子は言った。

「リラ？」

僕と石戸さんはほとんど声をそろえて言った。

「助けてくれたら、リラがどこにあるか教えてあげる」

そう言って女の子は歩き始めた。石戸さんが女の子についていくので、僕もついていくことにした。

女の子は、広場に面した大きな建物の前で立ち止まった。太い柱がいくつも並んだ建物だ。

「ここは裁判所。もう裁判が始まってる」

「私たち、どう助けになればいいの？」と石戸さんは女の子に訊いた。

「一緒につれて入ってほしいの。子どもだけじゃ入れないから」

石戸さんと僕は、細かい事情を訊くことはせず、頼まれたとおりにすることにした。

大きな扉を開けて建物の中に入ると、正面に、大理石でできた幅の広い階段がある。

僕たちは階段をあがった。そして、二階の廊下を、何度か曲がりながら歩いた。

やがて、一つのドアの前までくると、女の子はようやく歩くのをやめて、「ここね」と小声で言った。女の子は僕のほうを見ている。

僕から先に中に入ってほしいということだろうか。

僕は歩み出て、ドアを開けた。

謎その16

「おやおや、ようやく弁護人のご登場だ」

こちら向きに座っている男が僕を見てそう言うと、法廷にいる人たちがいっせいに僕を見た。

「では、そちらにお座りください」と裁判長らしき人にうながされるまま、僕は椅子に座った。

石戸さんと女の子もついてきて、僕と並んで座った。

左のほうに裁判官たち。右のほうに傍聴する人たち。どうやらここは傍聴席ではなく、弁護人席のようだ。

僕たち三人の前には被告人席がある。驚いたことに、被告人席に座って裁判長のほうを向いているのは、人間ではなく、丸々としたウサギの着ぐるみだ。

「被告人がひとこともしゃべらないうえに、弁護人もいない。困っていたんですよ」

僕がドアを開けたときに気づいた男が言った。たぶん検察官だろう。

「それでは、裁判をつづけましょう」と裁判長が言った。

検察官の男が立ちあがった。

「私から被告人に質問します」

検察官は、ウサギの着ぐるみをにらむようにして見ている。

「もう一度、訊きます。あなたは、子どもたちにチョコレートを高く売りつけるために、チョコレート店の前に立っていたのですね?」

ウサギは座ったまま、何も答えない。

「また、だんまりですか。都合の悪いことは言えないというわけですね。よくわかりました」

検察官はそう言うと着席し、今度は僕のことを見ている。

何か言わなきゃいけないんだろうか。焦っていると、石戸さんが耳打ちをしてくれた。

僕はおずおずと立ちあがった。

「被告人には、黙秘権があります。つまり、質問に答えなくても、不利にはなりません」

謎その16

やっとの思いで発言して、着席した。どうやらここは、弁護団のリーダーの席だったようだ。

検察官の男が、また立ちあがった。

「チョコレート店は、子どもを相手に、法外な値段でチョコレートを売っていました。そして被告人は、チョコレート店の前に立っていました。そのことはたしかです。この事実をどう説明しますか?」

検察官は、また僕のことを見ている。僕は思わず目をそらしたが、裁判官たちも傍聴人たちも僕のことを見ている。頭の中が真っ白だ。

すると石戸さんが立ちあがってくれた。

「子どもに法外な値段でチョコレートを売る店があり、被告人であるウサギの着ぐるみは、その店の前に立っていた。仮にそれが事実だったとします。しかし、ウサギの着ぐるみは、チョコレート店の悪徳商法のことは何も知らなかったのです」

石戸さんが座ると、

「なぜ、知らなかったと言えるんです?」と検察官が立って言った。

検察官は、また僕を見ている。

石戸さんが耳打ちしてくれて、僕は立ちあがった。

「それは、被告人が着ぐるみだからです。着ぐるみというものは、そもそも何も知らないのです」

法廷がどよめいた。やっぱりおかしなことを言ったのだろうか。

裁判長が静粛《せいしゅく》を求めた。検察官が立ちあがったので、僕は座った。

「被告人は、子どもと手をつないでチョコレート店に入っていきました。それを目撃した人までいるんですよ。これはどう考えても、被告人が子どもをだまして、店の中へ誘導していたということでしょう」

裁判長はウサギの着ぐるみに、

「それは事実ですか?」とたずねた。

しかし、ウサギの着ぐるみは何も答えない。

法廷が静まりかえる中、女の子が立ちあがった。

「ウサギの着ぐるみと手をつないでチョコレート屋さんに入ったのは、私です。それは本当です。でも私は、ウサギの着ぐるみがかわいいと思ってそうしたんです。ウサギの着ぐるみは何も知らなかったのに、こんなことになってしまって、ごめんなさい」

謎その16

女の子は涙声になりながら座った。

検察官が立ちあがり、眉間《みけん》にしわを寄せて、

「なぜ、被告人が何も知らなかったと言えるのですか」と言った。

やっぱり僕を見ている。するとまた、石戸さんが耳打ちをしてくれた。

僕は立ちあがり、おそるおそる、

「着ぐるみは、何も知らないからです」と言って座った。

また法廷がどよめいた。いったい何なんだ。

裁判長がせきばらいをした。

「わかりました。これより評議に入ります」

裁判官たちは立ちあがり、奥のドアからぞろぞろと出ていった。

待っているあいだ、女の子は黙ってうつむいていた。石戸さんも黙っていた。僕は落ち着かず、まわりをきょろきょろ見回していた。ウサギの着ぐるみは、ぴくりとも動かなかった。

ようやく裁判官たちが戻ってきて、着席した。

裁判長が口を開いた。

「被告人は、結果として、チョコレート店の悪徳商法のためになることをしてしまった。しかしながら、被告人は着ぐるみである。着ぐるみというものは何も知らず、したがって、チョコレート店の悪徳商法のことも知らなかった。よって、被告人であるウサギの着ぐるみを、無罪とする」

謎その17

大人になると子どもの疑問を忘れてしまうの、どうして？

僕たち三人は、裁判所の建物を出た。

もうすっかり日が落ちていた。

「二人とも、どうもありがとう」と女の子は言った。

「お礼に、ほら、あれがリラ」

女の子が指さすほうを見ると、驚いた。夜空が異様に近い。星がいつもよりずっと近くに見える。

「あの明るい星が、リラのベガ」

「リラのベガ……琴座のベガ……。リラって、琴座のことだったのね」と、石戸さんは星を見上げながら言った。

「ありがとう。じゃあ私と草野くんは、あの星を目指して歩いていこうか」

「なるほど。竪琴に導かれて歩く、ということか」

「じゃあ、ここでお別れね」と女の子は言った。

「ウサギについていくときは気をつけてね、不思議の国の女の子さん」

石戸さんがそう言うと、女の子は声をあげて笑った。

僕は気になっていたことがあったので、訊いてみようと思った。

「この広場で声をかけてくれたとき、子どもの頃の疑問をたずねてきたよね。あれは何だったの？」

「じつは私、子どもの心をもたない人と一緒にいると、どんどん存在が薄くなっていって、最後には消えてしまうの」

「消えてしまう？」

「うん、そうならないようにするために、一番いいのが、あの方法なの」

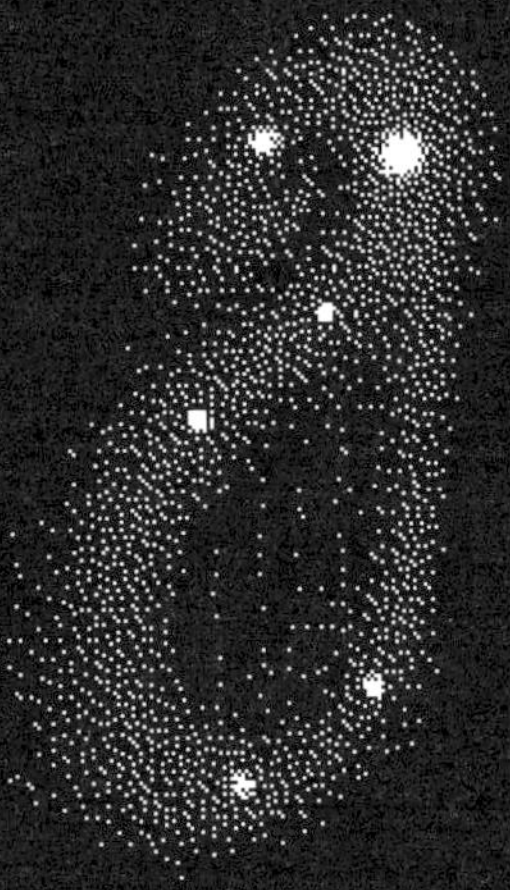

「子どもの頃の疑問が言えない人は、子どもの心をもっていないってこと？」

「そう。どんな人でも、生まれてきて世界と出会ったときは、びっくりしたはずなのに。びっくりして、疑問をもったはずなのに、それをだんだん忘れていってしまう」

「びっくりすると、疑問をもつの？」と僕は訊いた。

「人はびっくりすると、思わず『いまの何？』とか、『なんで？』とかって言うでしょ？」

「ほんとだ。なんで？」

「あはは、やっぱりお兄さんは合格ね。人は大人になると、びっくりしたり、疑問をもったりしなくなっちゃうみたい」

たしかに、女の子の言うとおりだ。

「どうしてだろう？」

「どうしてかな？　大人になると、子どもの頃の疑問が、たくさんの『問題』の中に埋もれていって、『問題』のことばかり考えるようになってしまうみたいなの」

裸で生まれた赤ちゃんが、成長していくと、「問題」という包帯でぐるぐる巻かれていって、大人になる頃には〈問題のミイラ〉になってしまう。そんな恐ろしいイメージが

謎 その 17

頭に浮かんだ。

「問題」って何なのだろう。どうしてそんなものがあるのだろう。

謎 その18
・〈抽象的な着ぐるみ〉の中に、人は入っている？

僕たちは女の子と別れ、琴座《リラ》のベガが輝く方角へと向かって歩いた。

夜の街は、ますます人が少なかった。

ここが〈抽象的な街〉だとすると、これは〈抽象的な夜〉なのだろうか。どの街でもない街の、どの夜でもない夜。

さっきの女の子も、どの女の子でもない女の子なのかな。だから、大人のせいで消えてしまうのを怖《こわ》がっていたのかもしれない。

それにしても、裁判所で訴えられていたウサギの着ぐるみ、よくよく考えるとおかしいな。

謎その18

「あのウサギの着ぐるみ、中に人は入ってたのかな」と僕は思い出し笑いをしながら言った。

「さあ、どうだろう。もし人が入ってたとしても、ウサギの着ぐるみは何も知らないんだから、無罪。もし人が入ってなかったとしても、ウサギの着ぐるみは何も知らないから、無罪。どっちにしても、ウサギの着ぐるみは無罪で、裁判の筋書きに影響はないよね」

「そうか。たとえ人が入ってたとしても、ウサギの着ぐるみは無罪なのか」

「でもきっと、どっちでもないよね。〈具体的なウサギの着ぐるみ〉なら、人が入ってたり、入ってなかったりするけど、〈抽象的なウサギの着ぐるみ〉なんだから」

「どっちでもないって、人が入ってるわけでも、入ってないわけでもないってこと?」

「そう。何かウサギ以外の着ぐるみを思い浮かべてみて」

「わかった」

「何の着ぐるみ?」

「パンダ」

「その中に、人は入ってる?」

「それはわからないよ。ただ着ぐるみを思い浮かべただけなんだから」

「ほらね」

「え？」

「草野くんが思い浮かべたのは、〈抽象的なパンダの着ぐるみ〉で、とくにどの着ぐるみでもない。その中には、人が入ってるとも言えないし、入ってないとも言えない」

「なるほど。実際、思い浮かべた自分でも、どっちとも言えなかった」

「あのウサギの着ぐるみも同じ。人が入ってるわけでも、入ってないわけでもない」

そして、着ぐるみはやっぱり何も知らないから、どのみち無罪ってわけか。

僕はためしに、人が入っているパンダの着ぐ

謎その18

るみを、思い浮かべようとしてみた。

うーん、どうすればいいんだろう。動き回っている着ぐるみを思い浮かべればいいのかな?

でもこれって、人が入っていないのに勝手に動いている着ぐるみを想像しているのと、どう違うんだろう?

今度は僕は、人が入っていないパンダの着ぐるみを思い浮かべようとしてみた。

これまたどうすればいいんだろう? じっとして動かない着ぐるみを思い浮かべればいいんだろうか?

でもこれはこれで、人が入っているのにじっとしている着ぐるみを想像しているのと、どう違うんだろう?

自分で思い浮かべた着ぐるみなのに、中に人が入っているかどうか、思いどおりにならないなんて、変だなあ、そんなの。

謎その19・罪のないキャラクターが迫害されるのはどうして？

石戸さんと僕は話をしながら歩いた。

琴座《リラ》のベガは、青白く輝いている。

石戸さんは言った。

「たとえばさ、テーマパークがあったとして、人気キャラクターがいたとするでしょ」

「うん」

「でも、運営に不正のあったことがわかって、それが原因でテーマパークが閉鎖して

謎 その19

しまったとする」

「あらら」

「もし、子どもがそこの人気キャラクターのおもちゃで遊んでたら、親は取りあげてしまうかもしれない」

「なんか、イメージ悪いもんね」

「でも、キャラクターに罪はない」

「そうか。キャラクターは何も知らなかったんだよね」

「子どもにしてみれば、罪のないキャラクターが好きなだけ。でも、大人にとってはそうはいかない」

「大人って面倒な生き物だね。しかも、その面倒なことを子どもに押しつける」

「私たちは裁判所で、そういう大人の押しつけから、ウサギと女の子を守ってあげた。そうも言えるんじゃないかな?」

石戸さんはこの旅に出てから、まるで水を得た魚《うお》のようだ。

頼りになるし、何よりも生き生きしている。

謎その20・

世界をありありと見ることの正反対は、世界をどう見ること？

石戸さんと僕は、住宅街のようなところを歩いていた。

街灯は少なくなってきたけど、並んだ家の窓は、温かい色に灯《とも》っている。

そのうち、僕たちは小さな川にいきあたった。川の向こう側に、灯りはない。川は静かな音をたてて流れている。

琴座《リラ》を目指してさらに歩くには、川を渡らなければいけない。

「川ぞいに歩けば、橋があるかもしれない」と僕は言った。

「飛び越えられそうじゃない？」

「そっか、飛び越えちゃおうか」

「あ、物が小さく見えるのに、大丈夫？」

「そういえば、いつの間にか何の違和感もないよ」

「よかった」

僕たちは川を飛び越えて、歩きつづけた。

星空が近いからか、地面がぼんやりと白く薄明《うすあか》るい。

でも、ゆく先には何も見あたらない。なのに石戸さんは、とにかく楽しそうに歩いている。

いくしかないか、石戸さんのツアーに乗ったんだもんな。

「草野くんの子どもの頃の疑問、『どうしてこの人間が僕なんだろう』だったよね？」

「うん」

「もう少し詳しく聞かせてもらえるかな」

「えっと、そうだな……。この宇宙には、地球っていう星がある。そこには人間を含めて、たくさんの生き物が生きている。もしかしたら、地球以外にも生命のいる星があって、そこにもたくさんの生き物がいるかもしれない。そうやって、ものすごい数の生

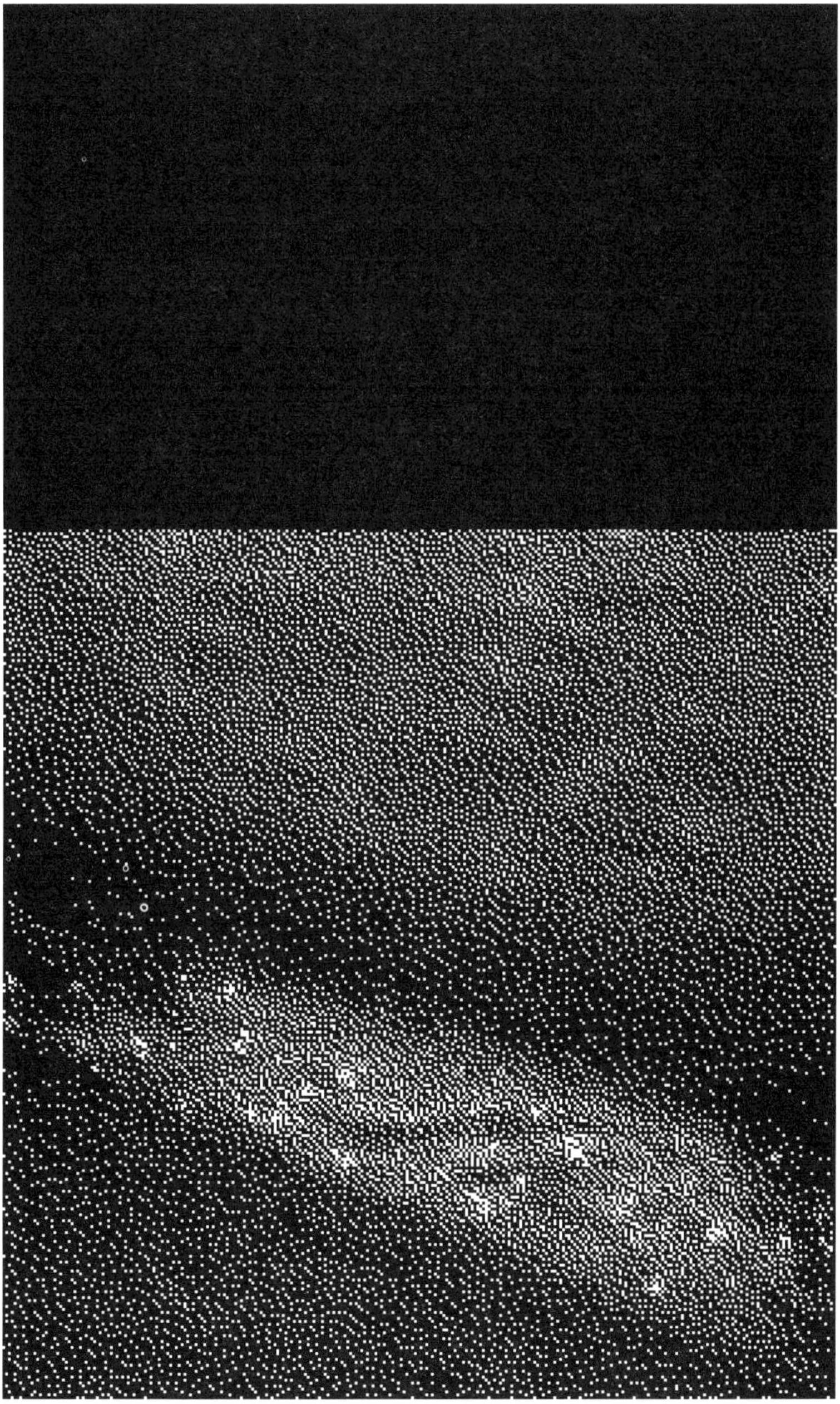

き物がいる中で、たった一個だけ、世界をありありと見ている生き物がいる。そしてそれは、なぜか草野春人という地球人だった」

「うーん」

石戸さんは、いつもの考え込んだような顔をしている。

こうして星空の近くを歩いていると、子どもの頃の疑問が生き生きと感じられてきて、それをどうしても伝えたい気持ちになってきた。

僕はつづけた。

「ものすごくたくさんの生き物がこれまで生きてきたし、いまも生きてる。でも、草野春人が生まれるまでは、世界をありありと見る生き物はいなかった。そんな生き物がいないまま、宇宙の歴史が進んでいってもよかった。なのに、草野春人が生まれると、そのときから宇宙に、世界をありありと見る生き物が存在し始めた」

「どうしてその生き物が草野くんだったのか、ということが疑問なの？」

「そう。草野春人が生まれても、特別な生き物が存在し始めることなく、そのまま宇宙の歴史が進んでいってもよかった。その場合、草野春人にはなんら特別なところはなくて、ほかの生き物たちに混じって生きていく」

謎その20

「その場合、草野くんのかわりに、ほかの生き物から世界がありありと見えていたかもしれないよ?」

「そう! 草野春人のかわりに、石戸さんが生まれたとき、世界をありありと見る生き物が存在し始めるのでもよかった。村松玲奈でもよかったし、国津恒でもよかったし、ほかの生き物でもよかった」

宇宙に一個だけ、奇妙にも特別なあり方をしている生き物がいる。それは草野春人という地球人だ。草野春人だけ、世界をありありと見て、生きている。でも、草野春人だけがそうなのだとしたら、石戸さんには世界はどう見えているんだろう?

そうだった。石戸さんには、世界は遠くに見えているのだ。ありありとではなく、遠くに。

石戸さんは、僕とは正反対のしかたで、特別なあり方をしている生き物なのかもしれない。

謎その21・世界が謎だらけなのは、どうして？


考えれば考えるほど、世界は謎だらけ、疑問だらけだ。

女の子が言ったように、大人になると、それに気づかなくなってしまうだけだ。

それにしても、どうして世界はこんなに謎だらけなんだろう？　どうして世界は、すっきりわかりやすくできていないんだろう？

ああ、それもまた謎なのか。

石戸さんと僕は、竪琴に向かって歩きつづけた。

「草野くんの最近の疑問は、『どうして日常はつらいのか？』だっけ」

「うん。どんなところに住んでいても、どんな生活をしていても、みんな、非日常を

求めているように見える。ということは、日常って、つづけているとつらいものなのかなって。どうしてだと思う?」

「どうしてだろう。生きていくために、好きじゃないこともやらなきゃいけないからかな? 勉強したり、はたらいたり」

「じゃあ、もし石戸さんに宝くじがあたって、勉強したり、はたらいたりしなくてもよくなったら、日常はつらくなくなると思う?」

「うーん、想像しにくいな」

「僕は、毎日遊んで暮らせるようになっても、いつかはそういう毎日が嫌になってしまうような気がするんだ」

「そっかあ。そうだとしたら、どうしてかな？」

「そこが不思議なんだ」

「飽きちゃうから、っていうのはどうかな？　どんなに好きな食べ物でも、毎日食べてたら、そのうち飽きちゃうでしょ？　それと同じで、どんな毎日でも、くり返されると飽きてしまう」

「なるほど。会社にいき始めた頃は、新しい刺激がいっぱいあった。でも、毎日がくり返されると、だんだん飽きてしまう。でもさ、飽きるとどうして嫌になっちゃうんだろうね。ちょっとずつ刺激に慣れると楽になってくる。だけど、楽になるだけじゃなくて、なんで嫌になっちゃうんだろう」

「私の家に犬がいるけど、毎日同じようなご飯を食べて、同じような時間に散歩に出かけてるよ。なのに、いつも楽しそう。嫌になってる様子はまるでないよ」

「犬や猫とか、ニワトリだとか、アヒルだとか、ビーバーだとか、毎日同じことをくり返してるのに、たぶん嫌にはなってないよね。同じことのくり返しが嫌になるのは、人間だけなのかな？」

謎 その21

「人間の何がそうさせるんだろう？」

世界は謎だらけ、疑問だらけだ。でも、石戸さんとこうやって話してみて、「どうやら、ほかの動物にはない、人間の何かが日常をつらくしているようだ」っていうことがわかってきた。疑問について答えはすぐに出なくても、手がかりのようなものは摑めたりするのかもしれない。

日常がつらい理由は、人間として生きている自分の中にあるのか。

自分の中にある何か。それはいったい何だろう？

謎その22・新しい言葉はどうやって生まれる?

街はずれの小川を越えてから、もうだいぶ歩いてきた気がする。

夜空はますます近くなってきた。星空のドームの壁がすぐそこにあるようで、ものすごい景色だ。

ただ、琴座《リラ》にはあまり近づいているように見えない。どうしてだろう?

「長いこと歩いてるうちに、琴座が高くのぼっていくね」と石戸さんは言った。

そうか。僕たちは星空のドームの壁に近づいている。でも、そのあいだに、琴座はドームの上のほうにのぼっていく。

「どうしよう。このままじゃ琴座はどんどん遠ざかっていってしまうね。このまま進

謎 その22

んでいっていいのかな？」と僕は言った。

「ゼウスの鞠《スファイラ》」と石戸さんはつぶやいた。

それはおそらく天球のことだという解説を、石戸さんはパン屋で読んでくれたのだった。

そうか。琴座はのぼっていくけど、僕たちは天球に近づいている。

「こうなったら進むしかないか」と僕は言い、ゆるめた足どりに力を戻した。

それから、どれくらい時間が経ったかわからない。

琴座はもう、はるか高いところにあった。それでも僕たちは確実に、琴座《リラ》のベガの方角を目指して歩きつづけた。

石戸さんも僕も、すでに無言だった。石戸さんは何を思っているのかわからないけど、僕はただただ無心で歩いていた。

夜空へと近づくにつれ、歩く地面のぼんやりとした白さは、淡い輝きを増していった。

「ん？　あれは何だろう」

石戸さんが何かに気づいたようだ。石戸さんは、ゆく先のほうへ目を凝《こ》らしている。

見てみると、向こうのほうで、白い地面が途切れている。その先に地面はなく、ただ

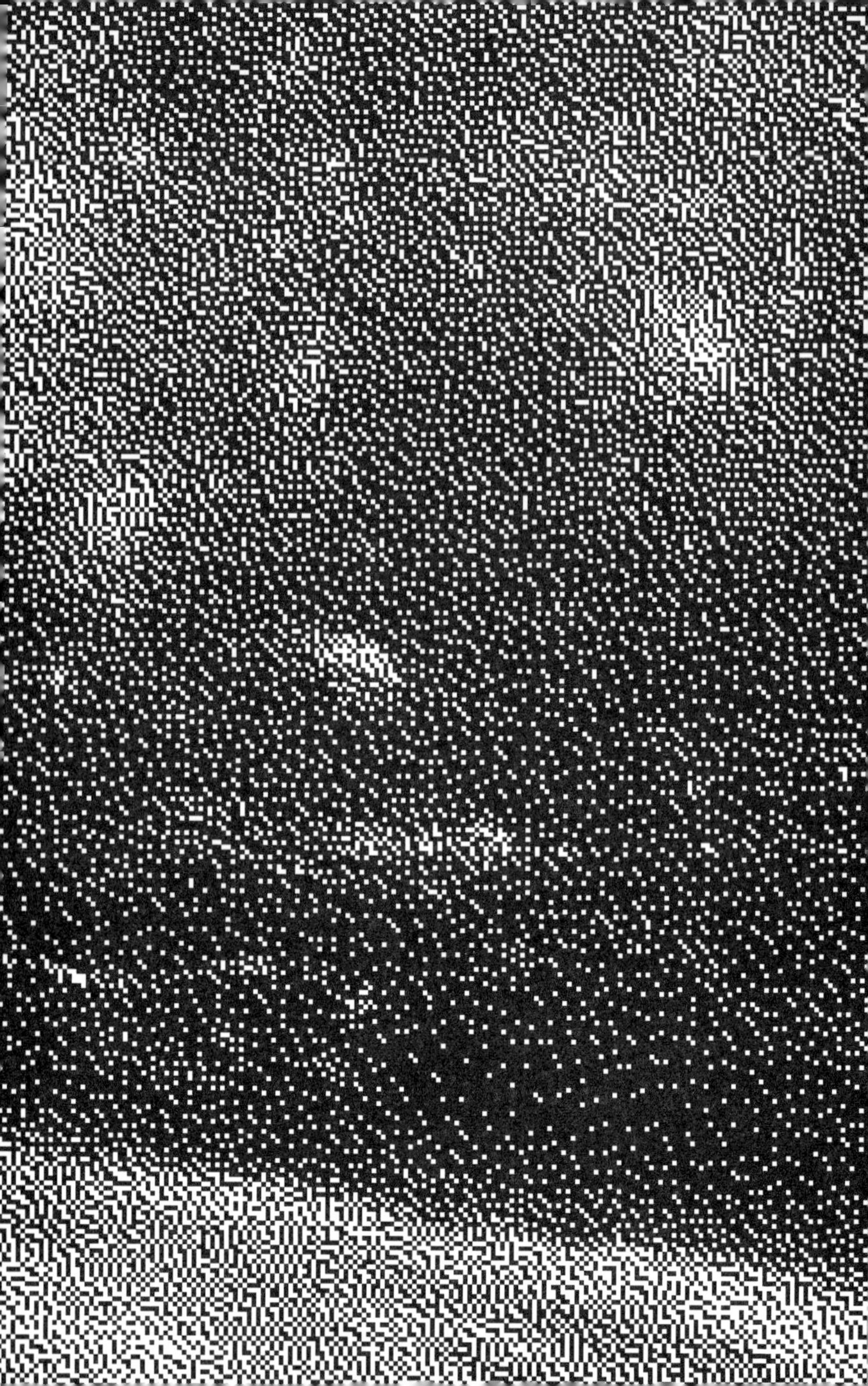

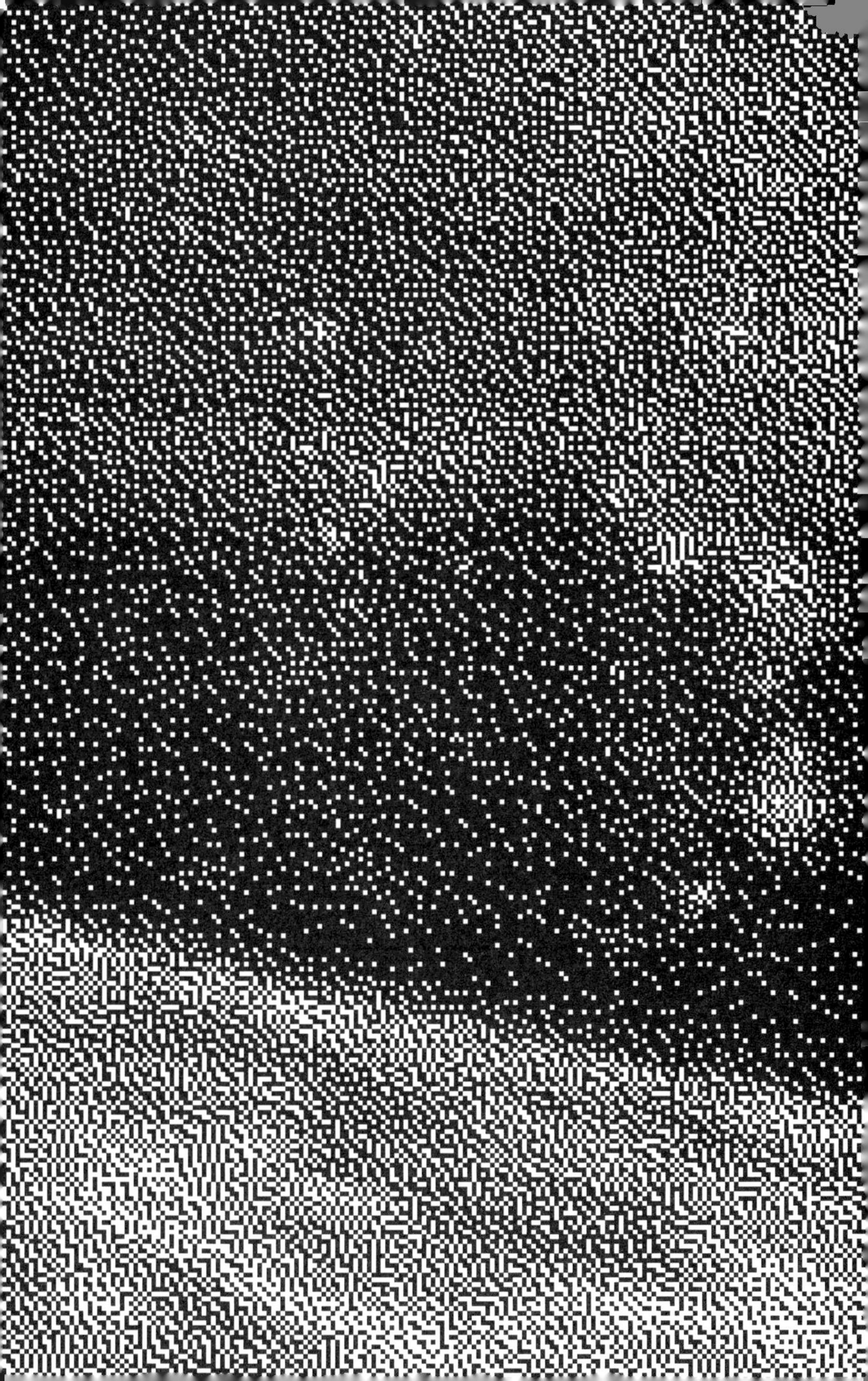

星空が広がっている。

「いってみよう」

僕たちは足を速めた。

着いてみると、そこは大地が終わり、夜空が始まるところだった。

「これが、地平線?」と僕は言った。

「まるで浜辺のよう」

石戸さんの言うとおり、本当に浜辺みたいだ。夜の闇が、海のように寄せては返している。

石戸さんと僕は、その様子に見とれていた。

「ここから星がのぼるんだね」と石戸さんは言った。

見渡すと、のぼったばかりの星が、あちらこちらにある。

そうしてまわりを見ていると、左手のずっと遠くのほうに、人影のようなものが見えるのに気がついた。まるで、夜の砂浜を、人が歩いているかのようだ。

「石戸さん、あれ、人かな?」

「どこ?」

謎その22

「ほら、あっちの、向こうのほう」

「ほんとだ。こっちへ歩いてくるように見えない？」

「そうだね。こっちへ歩いてくる」

「話をしてみない？　私たちがどこへいけばいいか、何かわかるかも」

僕たちは人影のほうへと歩き始めた。向こうはこちらに気がついているのだろうか。

徐々に近づいていくと、その人が、肩から布の袋をさげているのがわかった。

さらに近づくと、その人が下を向いたまま歩いているのがわかった。こちらには気づいていないようだ。

いよいよ近づいてきたので、僕たちは立ち止まった。まだ、こちらに気づかないようだ。石戸さんが「こんばんは」と声をかけた。

それは若い男だった。年齢は、石戸さんや僕と同じくらいかもしれない。ようやく顔をあげ、こちらを見て驚いている。

「君たちも、言葉拾い？」

「言葉拾い？」

石戸さんと僕は声をそろえた。

「なんだ、違うのか」

「言葉拾いって、何ですか?」と石戸さんが訊いた。

「ここは〈夜の波打ちぎわ〉といって、新しい言葉が流れつくところ。僕はそれを拾っている。ノーウェア・スパの広場で市が立つ日に、集めた言葉を売りにいくんだ」

僕が不思議そうな顔をしているのに気づいた若い男は、少し笑った。

「君は、新しい言葉がどこで生まれると思っていた?」

「新しい言葉?」と僕は思わず訊きかえした。

「いままでの言葉では言い表せない感情や、考えなんかに出会ったとき、それを言い表すための、新しい言葉が生まれてくるだろう?」

「はい」

「そういう言葉は、どこで生まれると思う?」

「うーん、人間の頭の中で生まれるんじゃないかな」

「頭の中じゃないよ。〈夜の向こう〉で生まれるんだ。そして、ここに流れついてくる。それを僕が拾って、街で売るんだ。するとやがて、世界にいきわたるようになる」

彼は布の袋に手を入れて、中を探った。そして何かを取りだすと、石戸さんと僕に見

謎その22

せた。

「これはさっき拾ったばかりの、〈上目《うわめ》か月《づき》〉っていう言葉だ。君たちは、犬の上目づかいを見たことがあるかい?」

石戸さんのほうを見てみると、うなずいている。若い男は話をつづけた。

「犬が上目づかいになると、目の下のほうに、上弦の三日月のような形がでるんだ。〈上目か月〉は、それを呼ぶための言葉だよ。まあ、これはよっぽどの犬好きじゃないと、ほしがってくれないかな」

若い男は、〈上目か月〉を袋の中に戻し、そのまま手探りをすると、別の何かを取りだして僕たちに見せた。

「これは、〈原方向〉という言葉だ。世界には、上下だの左右だの、過去だの未来だの、たくさんの方向があるよね。その全部のもとになるような、方向の種《たね》を呼ぶための言葉が、これ。どうかな、形而上学者あたりがほしがってくれるといいけど」

若い男は〈原方向〉を袋の中に戻して、

「今日、とれたのは、少しマニア向けのものが多いかな」と言って笑った。

「じゃあ、〈人間は考える葦《あし》である〉みたいな、すごく有名な言葉も、ここでとれたんですか？」と僕は訊いた。

「ああ、あれね。僕が拾ったときには、小さな一粒の言葉だったんだよ。それがパスカルという人に渡ったとき、彼がいくつかの言葉にかみくだいて、文みたいに表現して、それが世界中にいきわたったんだね。だからみんな、パスカルが考えた言葉だと思っている」

「す、すごい人に出会ってしまったね、石戸さん」

するとと若い男は言った。

「流れついた言葉をちゃんと見つける目は必要だけど、僕はいろんな言葉を拾って、街にもっていくだけ。それをどうするかは、受けとった人間たち次第」

僕たち三人が立っているそばで、夜がさざ波のように、寄せては返している。〈夜の向こう〉というのは、どんなところなのだろう。そこではどんなふうにして言葉が生まれているのだろう。

僕は夜のほうを見た。さっきまでは見えなかった小さな青い星が、すぐそこにのぼっている。

謎その23・最初の言葉はどうやって生まれた？

「じゃあ、君たちはここで何をしてるんだい？」

そう訊かれると、石戸さんが答えた。

「私たち、神殿で『竪琴に導かれる』って言われて、琴座《リラ》のベガを目指して歩いてきたんです」

「すると、〈黒の人〉に会って、みことばをもらったのかい？」

「はい」

「〈黒の人〉こそ、すごい人だよ。あの人は、〈夜の向こう〉に直接ふれて、生まれつつある言葉をとってくることができるんだ。それはまだ言葉になりきっていないから、言葉に置きかえる人が必要になる」

僕は〈黒の人〉の両脇にいた人たちを思い出した。あの二人は、生まれつつある言葉を、僕たちの知っている言葉に置きかえる人たちだったのか。

石戸さんは真剣な顔をしてこう言った。

「それなら、〈みことば〉は信じていいはずですよね。私たち、ここからどこへいけばいいのか、わからなくなってしまって」

「ふうむ。琴座はもうのぼってしまって、空の反対側へ向かっているね」

若い男は夜空を見あげた。そのまま考えている様子だったが、彼は見ひらいた目をこちらに向け、石戸さんに言った。

「そうだ、アルゴ船に乗せてもらったらどうかな。アルゴ船なら、琴座を追いかけていける」

「アルゴ船！『アルゴナウティカ』に出てくるアルゴ船ですね！」

「そう、知ってるんだね？」

「はい、どこで乗せてもらえるんですか？」

「そろそろ、あのあたりからのぼってくる頃だよ」

謎その23

若い男は、石戸さんと僕が歩いてきたほうを指さした。

僕たちはうしろをふり返った。夜の黒い波が、静かにゆれているのが見える。

「あのあたりに？　のぼってくる？」

石戸さんはふり返ったまま言った。

「アルゴ船を知っているのに、アルゴ座を知らないのかい？　ずっと昔、古代からある星座で、このあたりの人ならみんな知っているよ。君たちはノーウェア・スパの人ではないんだね」

石戸さんは、若い男のほうに向きなおって、こう言った。

「はい。私たち、遠くからきたんです。アルゴ座なんて、初めて聞きました」

僕は石戸さんの隣でうなずいた。

「とにかく、向こうのほうへいって待っていよう。君たちを船に乗せてもらえるように、僕からたのんであげよう」

石戸さんと僕は、きた道を若い男と三人で歩き始めた。

若い男は下を向いて歩いている。流れついた言葉を探しているのだろう。

僕は、若い男の〈言葉拾い〉の邪魔にならないよう、声をひそめて石戸さんに話しかけた。

「アルゴ座なんていう星座、聞いたことがないけど、昔からあったんだね」

「私も初めて知った」

「そもそも星座って、形があるようでないようなものでしょ？　だから見えない人には見えないし、時代や国によってもちがう」

「ここでは、形があるようでないものが、はっきりと存在しているみたい。オリオンが健康診断を受けたり、古い星座がちゃんと残っていたりして。地平線だって、こうしてはっきりと存在している」

「そういうことか。しかも、これから星座の船に乗るんだなんてね」

「形がありそうでないものに、形が与えられるところ。ここはそういう場所なのかもしれない」

「どういうこと？」

「新しい言葉だって、そうじゃない？　言葉になっていなかった考えや感情に、言葉が与えられると、それは一つの輪郭をもつものになって、人に伝えたりできるようになる」

謎その23

「何だかわからないものも、言葉で呼ぶと、一つの形をもつようになるということか」

「そういう形が、この波打ちぎわに流れついてくる」

そう言って、石戸さんは夜のほうを見た。

まず始めに、何だかわからないものがある。〈何だ、これ?〉と思ったら、それを言葉で呼んでみる。すると、一つの形が与えられる。

もしそうだとしたら、言葉が生まれる前には、いつも〈何だ、これ?〉があるということだ。

じゃあ、すべての言葉が生まれる前は、どうだったんだろう。そんなはるか昔の原始時代には、「何だ、これ?」っていう言葉もなかったはずだ。言葉が一切ないんだから。

すると、初めて言葉を発した人間は、言葉を使わずに〈何だ、これ?〉と思ったのかもしれない。そして、その何だかわからないものを、言葉で呼んでみた。言葉はそうやって発明されたのかもしれない。

そうすると、たくさんの言葉が生まれたのは、たくさんの〈何だ、これ?〉があったからじゃないだろうか。世界は疑問だらけで、謎だらけなんだから。

しばらくすると、若い男が身をかがめて、何かを拾った。そしてこちらを向いて、拾

ったものを石戸さんと僕に見せた。
「ほら、新しい言葉だよ。正確には、新しいクエスチョンマークだ。しかもただのクエスチョンマークじゃない。言葉が生まれる前にあって、言葉を生みだすもとになるクエスチョンマークだ。しいて言葉で言うとしたら、ちょっとむずかしいけど、〈先言語的疑問符〉かな。そしてこれは君のものだ」
若い男はそう言って、拾

ったものにひもを通し、僕の首にかけてくれた。

そうか。僕はいま、言葉が一切なかった頃の〈何だ、これ?・〉について考えていた。その僕の考えが形になって、僕のところに届いた。それがこのクエスチョンマークというわけか。

石戸さんは僕を見て、

「やったね。新しいことを考えついたんだね」と言った。

「あとで教えてあげるよ」と僕は照れ笑いしながら言った。

いままでの言葉では表せないようなことを考えたりすると、それを表すためのものが夜の向こうで生まれ、ここへ流れついてくる。

頭の中と夜の向こうは、どこかでつながっているのだろうか。

もしかすると、「世界のうしろ」で。

謎 その23

謎その24

宇宙の外には誰かがいる？

〈夜の波打ちぎわ〉を、僕たち三人はそのまま歩きつづけた。いろいろな星がのぼってくる、その横を通りすぎながら歩きつづけた。

あるところまでくると、下を向いて歩いていた若い男は立ち止まった。石戸さんと僕も立ち止まった。彼は、のぼってくる星々のほうを見て、

「よかった。ちょうど間に合った」と言った。

そして、星々のほうを向いて、大きな声をあげた。

「おーい、船長さん！　アルゴ船の船長さん！」

すると驚いたことに、星々の中から浮かびあがるようにして、巨大な木造の船があら

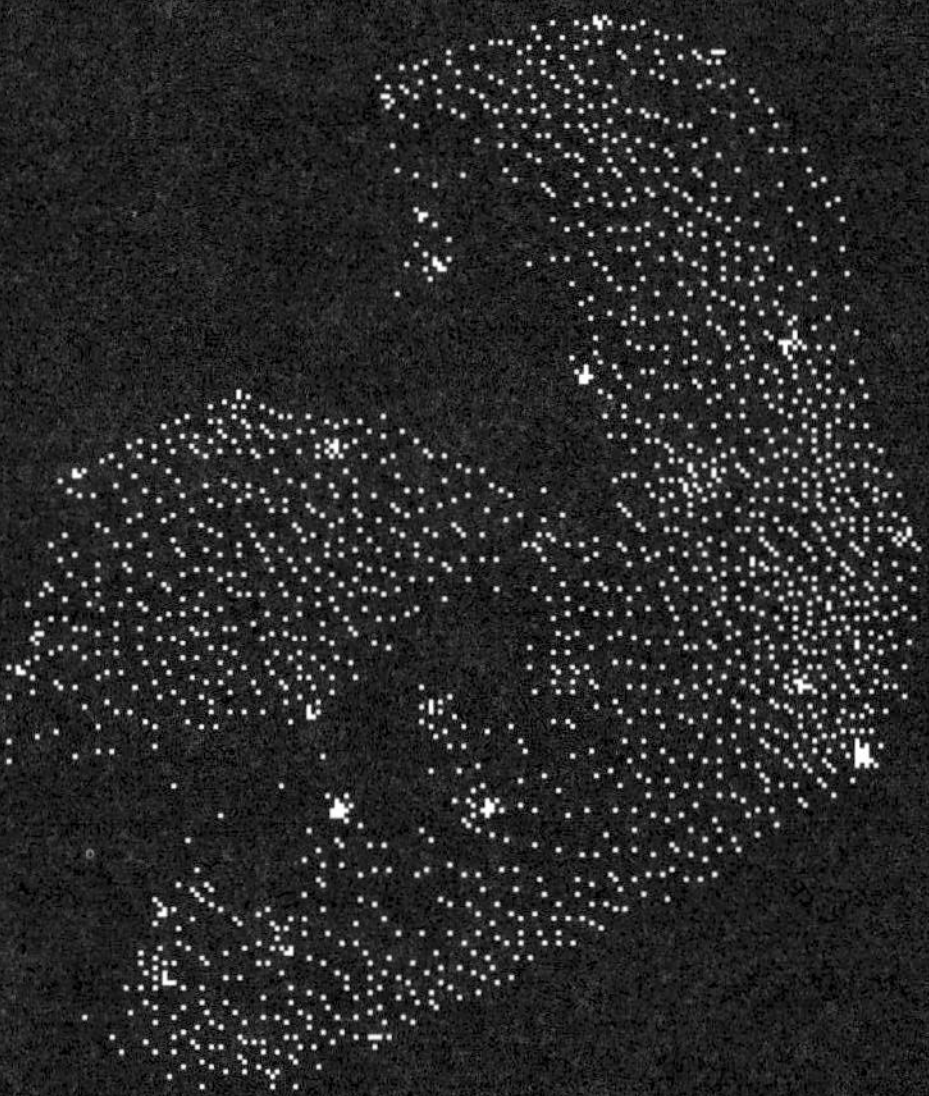

われた。

　船はみるみる近づいてきて、ゆらめく波打ちぎわにそって停まった。

　大きな帆が一本そびえ立ち、船体の横からは、長いオールがいくつも出ている。

　船を見上げると、上から声が聞こえてきた。

「誰かと思えば、〈言葉拾い〉の若者ではないか。今夜はめずらしく一人ではないのだな」

「はい。この二人は旅人で、〈みことば〉に導かれてやってきたのです。どうか、船に乗せてやっていただけませんか」

「〈みことば〉と言ったか。われわれ冒険者たちにとっては、吉兆である。よろしい。旅路をともにしようではないか」

船は、へさきをゆっくりともちあげた。船尾が、波打ちぎわと同じ高さまでおりてきた。

「さあ、気をつけて跳び乗るんだ」

そう若い男にうながされたものの、〈夜の波打ちぎわ〉を踏み切って跳ぶのには、なかなか勇気がいる。

ためらっていると、石戸さんがひょいと大きくジャンプして、船尾に乗った。

「大丈夫！」

石戸さんの声に励《はげ》まされて、僕も思い切ってジャンプした。夜空に墜《お》ちていきそうな感覚に襲われたが、着地できてホッとした。

船尾に立った石戸さんと僕は、若い男に礼を言った。そして彼にうながされ、船の中央へと向かって歩いた。

へさきを上に、傾いてゆれる船を、石戸さんと僕は、ゆるやかな坂をのぼるようにし

て歩いた。船の中央では、帆の根もとに、何十人もの船員たちが集まっていた。みんな、こちらを見ている。近づいていくと、一人の勇猛《ゆうもう》そうな男が歩み出た。

「ようこそアルゴ船へ。私が船長のイアソンだ」と言った。

「あなたがジェイソン！」と石戸さんは驚いたように言った。

「ジェイソンではない。イアソンだ」

「イアソン」

「そうだ。あなたがたのゆき先についてお聞かせ願えるかな？」

「そのことですが、ジェイソン、いえ、イアソンさん、〈ゼウスの鞠《スファイラ》〉について教えていただけませんか？」

石戸さんはいつになく興奮している。

「〈ゼウスの鞠〉か。ゼウス様がまだ幼少だった頃の玩具。それは天球のことだと聞いたことがあるが」

「やはり天球のことなのですね。じゃあイアソンさん、天球の外へ出れば、ゼウスに会えるのでしょうか」

石戸さんがそう訊くと、イアソンは首を横に振りながら、

謎その24

「天球の外へ出るなど、無理なことだ」と言った。

そのとき、男たちのうしろのほうから歩み出てきた人がいた。一見、女性かと思ったが、よく見ると男性のようだ。

そしてなんと、腕に竪琴を抱えている。

謎その25　光と闇の関係は？

「おお、オルフェウスよ」とイアソンは言った。

オルフェウスと呼ばれたその人は、石戸さんと僕が歩いてきたほうとは反対側の、〈夜の向こう〉のほうを指し示した。

「私たちは、天球の外へは出られないかもしれません。しかし、夜の奥深くへいくことならできます」

その人は美しい声をしていた。

イアソンは目を丸くした。

「まさか。オルフェウス、その方角にも進路があるというのか」

謎その25

「そうです、イアソン。私たちは、天球の内壁の上を旅しています。夜は、天球の内壁から外壁にいたるまで、奥深くつづいているのです」

そしてオルフェウスは、石戸さんと僕に言った。

「あなたがたは、夜の深くへと向かうことになっている。私にはそう思われます」

するとイアソンは、大きな声で仲間たちに呼びかけた。

「よし、ほかでもないオルフェウスの言葉だ。進路を変えようではないか！」

船員たちの間にざわめきが起こった。

そのうち、彼らの中から「私たちは冒険者だ！」という声があがり、ざわめきは歓声と拍手に変わった。

「さあ出発だ！」とイアソンが叫ぶと、船員たちは、各自のオールの場所へと散っていった。

オルフェウスは微笑《ほほえ》んで、石戸さんと僕に、

「私についてきてください」と言い、歩きだした。

石戸さんと僕は、オルフェウスについて歩き、船のへさきまでやってきた。オルフェウスは船の先頭に立つと、竪琴を奏《かな》で始めた。

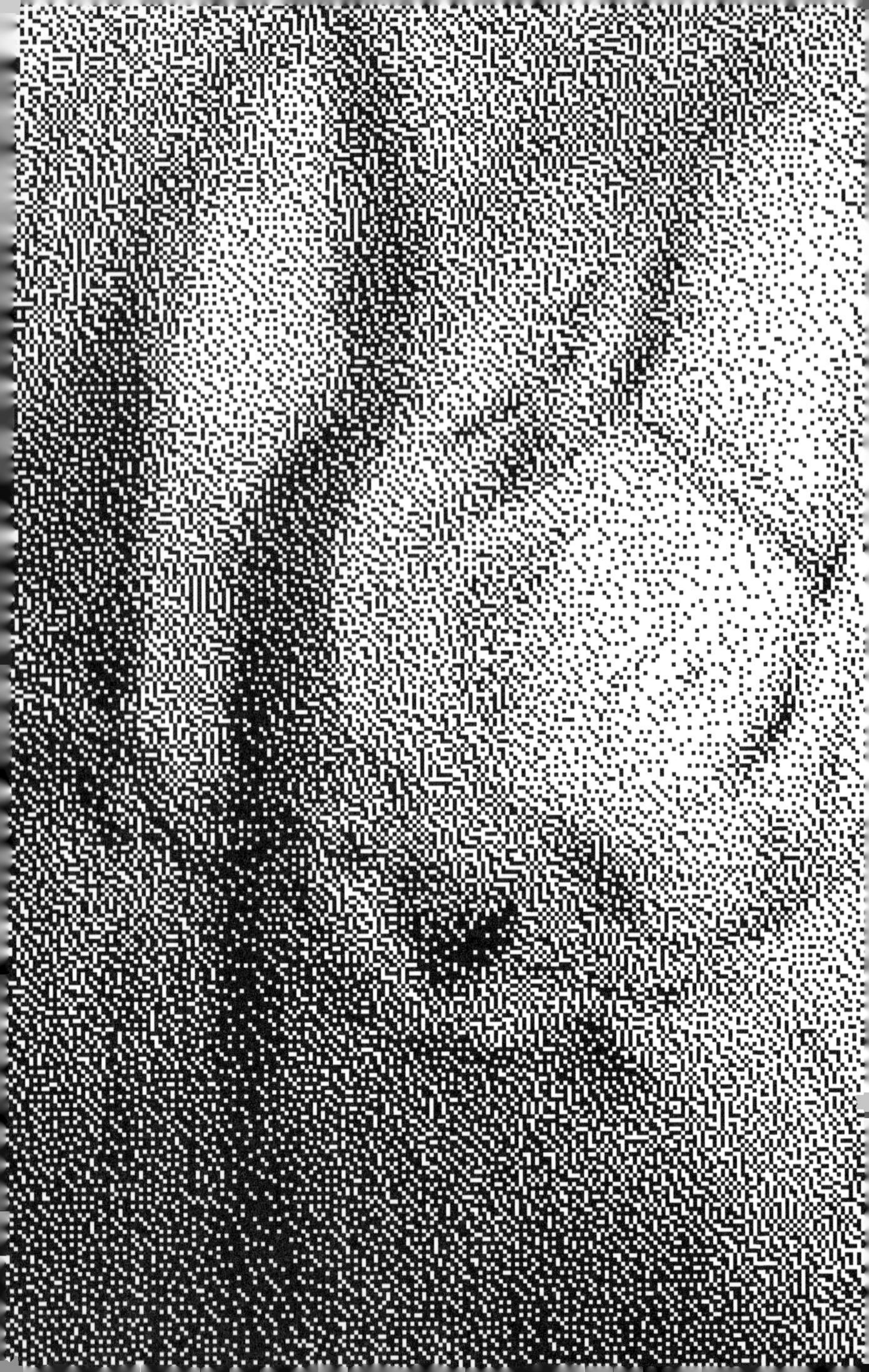

謎その25

静まりかえった船に、竪琴の音《ね》が流れた。うっとりするような、そしてどこか淋《さび》しげな音《おと》だった。その調べにあわせて、長いオールがいっせいに動きだした。

船は向きを変え始め、大地とは反対のほうを向くと、ゆっくりと進みだした。

船の先頭に立つオルフェウスのうしろに、石戸さんと僕は立っていた。オルフェウスの優雅な後ろ姿の向こうには、星空だけが広がっている。

船が勢いに乗ってくると、オルフェウスは竪琴の演奏をやめ、こちらを向いた。

「私の仲間たちは、オールを漕《こ》ぎながら、とても驚いていることでしょう。彼らはみんな、天球のことを、薄《うす》い殻《から》のようなものだと信じてきたのです。薄い殻のような天球に、自分たちを含めた星々が乗っている、と」

「あなたは知っているのですね、天球の深さを」

そう石戸さんが言うと、オルフェウスは、

「私は音楽をつうじて、闇と、それから光とも、つながることができます」と言った。

そしてオルフェウスは、竪琴にあわせて、僕たちに歌を歌ってくれた。

闇は光にこう語る

昼の光が照らすとき
夜はかくれて影となる
昼のうしろは昼の影
昼のうしろは夜の闇

闇は光にさらに言う
光がきえて夜はくる
すべては闇につつまれる
光のうしろはいつであれ
闇がひかえて待っている

光は闇にこう語る
闇の中にあるものは
光がさせばあらわれる
夜の闇に光がさせば

謎その25

梟《ふくろう》の目があらわれる

光は闇にさらに言う
闇の中にあるものは
光とともにあらわれる
夜の闇には梟の目が
光とともに生きている

闇は光にこう語る
あなたのうしろに私はいる

光は闇にこう語る
あなたの中に私はいる

オルフェウスのうっとりするような歌声を聴きながら、歌の意味も気になっていた。

部屋の灯りを消すと、部屋は暗くなる。光がなくなれば、どこであっても必ず暗闇になる。それは、光のうしろに、いつも闇がひかえているからなのか。

僕はまた、黒い紙にいろんな色で描かれた風景を思い浮かべた。その風景のうしろには、一面の黒がある。そんなふうにして、光のうしろ

謎 その25

にはいつも闇があるのだろうか。

でも、その一方で、光がさすと、闇の中にあるものがあらわれる。部屋の灯りをつけると、暗闇の中にあったテーブルや花瓶《かびん》があらわれる。そして、テーブルや花瓶は、光とともにあらわれる。それは、テーブルや花瓶が暗闇の中にあったように、光もまた暗闇の中にあったからなのか。

光のうしろに闇があって、その闇の中に光があって、その光のうしろに闇があって、その闇の中に光があって……。

「ねえ、オルフェウスさん」と言った石戸さんは、どこかいたずらっぽい顔をしている。

「美しい歌のお礼に、私も歌っていいですか？」

オルフェウスはにっこり微笑んだ。

石戸さんは、英語の歌を歌い始めた。歌の途中から、オルフェウスが竪琴で伴奏を始めた。耳にしたことのないような、不思議な音楽が流れた。

英語の歌なのに、なぜか意味がよくわかった。ここでは、形がありそうでないものに、形が与えられる。そのことと関係があるのだろうか。

あなたを連れていきましょう
苺畑《いちごばたけ》へいきましょう
本物なんて何もない
心配ごとも何もない
苺畑よ永遠に

「とてもよい歌ですね」

歌が終わるとオルフェウスはそう言った。とてもうれしそうだった。

オルフェウス、なんて優雅《ゆうが》でやさしい人だろう。

そばにいるだけで、涙が出るくらいやさしい人だ。

謎その26・マカロニの穴を内側からかじるには？

船は、夜の中をまっすぐ進む。
船のまわりには、星空が広がっている。
「おや」とオルフェウスは言い、前のほうへ向きなおった。
石戸さんはオルフェウスの横へいき、夜を眺めている。
僕は石戸さんの横に並んだ。
「ほかの宇宙が見えてきましたね」とオルフェウスは言った。
船の進行方向のはるか遠くに、いろんな宇宙が漂《ただよ》っているのが見えてきた。
星々が砂糖でできている宇宙。時間がぴたりと止まっている宇宙。水でいっぱいの宇

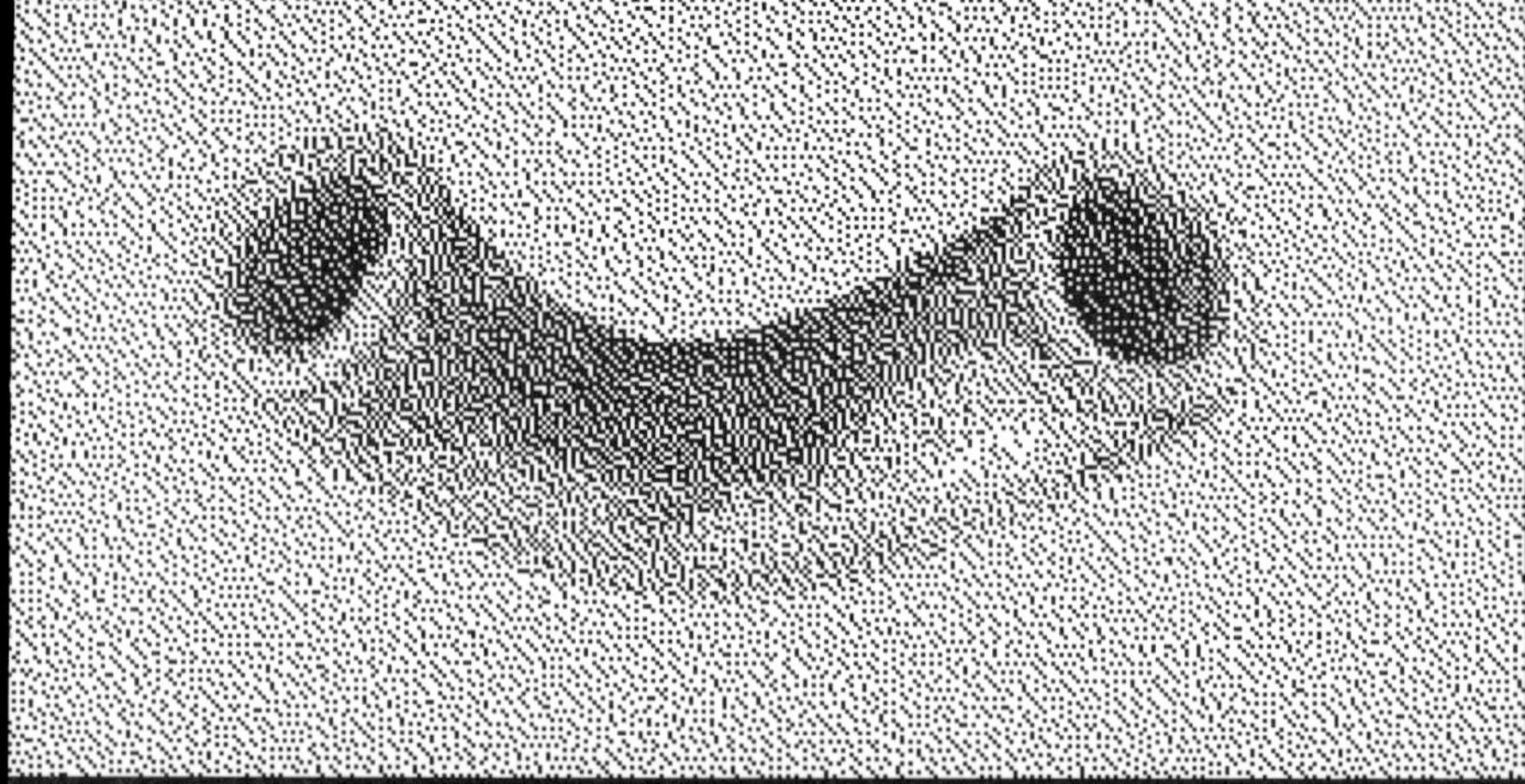

宙……。

不思議なことに、どの宇宙にも暗いところがなく、いろんな色の光で満ちている。

「私たちの宇宙は、無数にあるほかの宇宙に囲まれ、それらに包まれて存在しているのです」

そうオルフェウスは教えてくれた。

「すごい。無数の宇宙に包まれて、その中にこの宇宙があったなんて」と僕は言った。

「正確には、無数の宇宙に包まれて、その中にあるのではなく、無数の宇宙の外に包まれているのですけどね」

外に包まれている？　どういうことだろうと思っていると、

石戸さんが、

「私、昔からマカロニが好きで」と言う。

「マカロニ？」

「うん、マカロニの穴を、前歯でぷちっとかみきるのが好きで。でも、子どもの頃に気づいたの。大好きなマカロニを、外側からしかかじったことがないって」

オルフェウスは微笑みながら石戸さんの話を聞いている。僕もじっくり聞いてみるとしよう。

「マカロニには穴があいているから、外側だけじゃなくて、トンネルのようになった内側もある。それで、マカロニを内側からかじってみたいなあって思ったのね。でも、どうすればそんなことができるんだろう。ずっとそんなことを考えてたら、ある夜、こんな夢を見たの」

ちょっと面白くなってきた。

「夢の中で、私はなぜか小さなイモムシだった。地面をはっていくと、見えてきたのは巨大なマカロニ。がんばってはって近づいていくと、そのマカロニは、自分の体よりも大きい。そこで、マカロニの穴の中に入ってみることにしたの」

すごい展開だ。

「自分の細長い体が、すっぽりマカロニの中に入って、とてもいい気分。黄色いやわらかい光と、おいしそうなにおいに包まれているうちに、マカロニをひとくち、かじっ

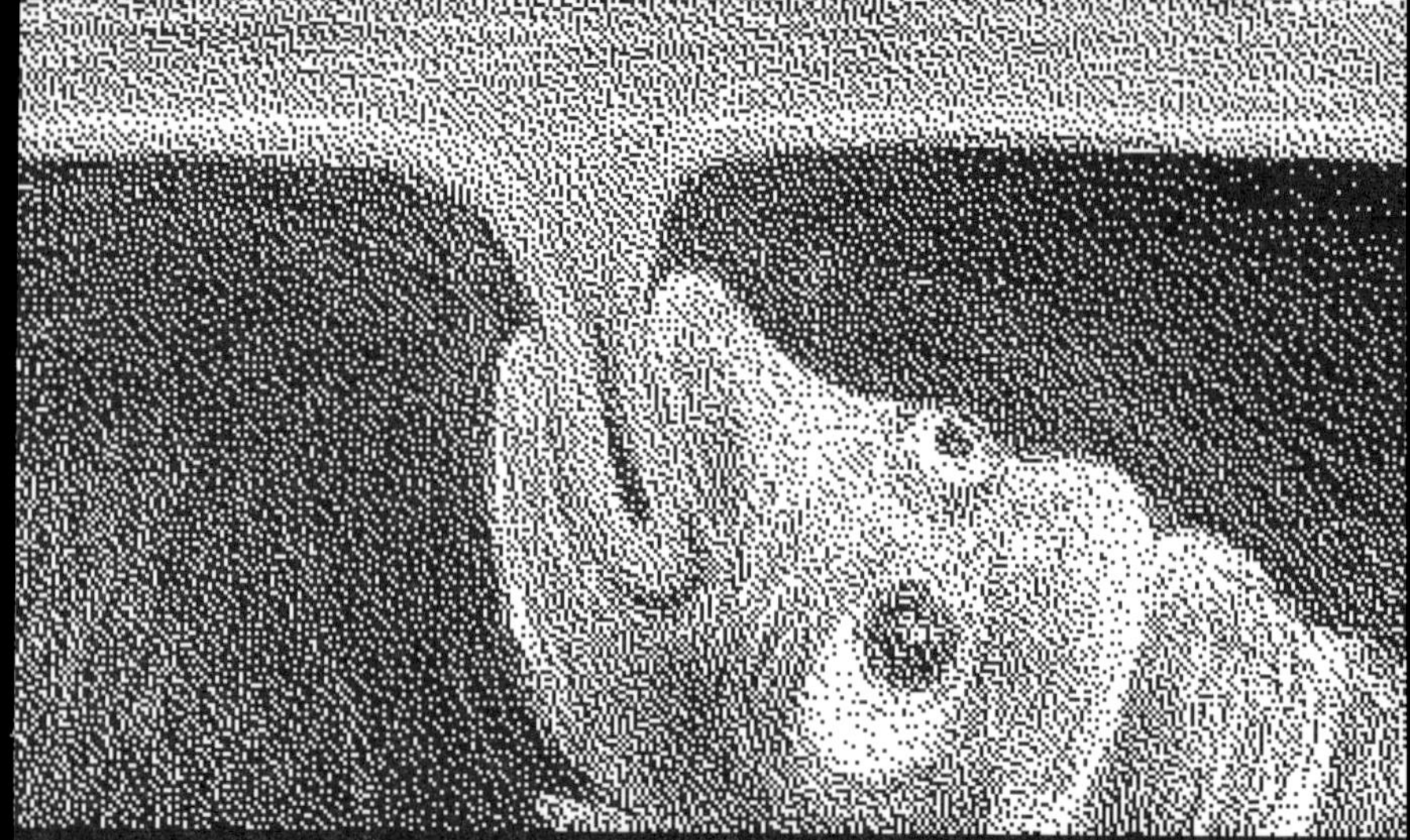

てみたくなったの」

やっぱり食べるんだな。

「体を上にそらせて、天井側のところをむしゃむしゃかじってみた。おいしいなあって味わっていたら、そこで目が覚めた。夢の中だけど、マカロニを内側から食べたのは初めてだった。それがすごくうれしかった」

「でも」と石戸さんはつづけた。

「しばらくして思ったんだよね。いつもマカロニを食べるときは、穴をぷちっとかみきるのが好きなのに、イモムシになってマカロニを内側から食べても、穴をぷちっとかみきることはできない。マカロニを内側から食べて、なおかつ穴をぷちっとかみきるには、どうしたらいいんだろう。そんなことを考え始めてしまったの」

謎その26

石戸さんの思考回路はどうなっているんだろうと、いつも不思議に思っていたけど、こうやって聞いてみると、素朴なことをただ素直に考えているだけにも思える。

「ベッドから出て、お母さんのいるキッチンにいくと、お母さんはマカロニサラダを作ってるところだった。お母さんに、『あら、マカロニのにおいがしたから早起きしたの？』なんて言われたけど、もしかしたら、マカロニをゆでるにおいがしたから、あんな夢を見たのかもしれない」

寝ているときにまわりで起きていることが、夢に影響するというのは、たしかにあるな。

「ボウルにたくさん入ったマカロニサラダを見て、あれっと思った。『マカロニが三つくっついてるのがあるよ』とお母さんに言ったら、『ゆでているときにくっついたのね』って。それで思わず、『あ、すごい！』って大声が出た。『マカロニが三つくっついてる真ん中に、穴がある！』って」

そうか、マカロニが三つくっつくと、真ん中にすきまができて、穴があいたようになるな。

「三つのマカロニの真ん中にある穴は、一つ一つのマカロニの外側に囲まれてる。つ

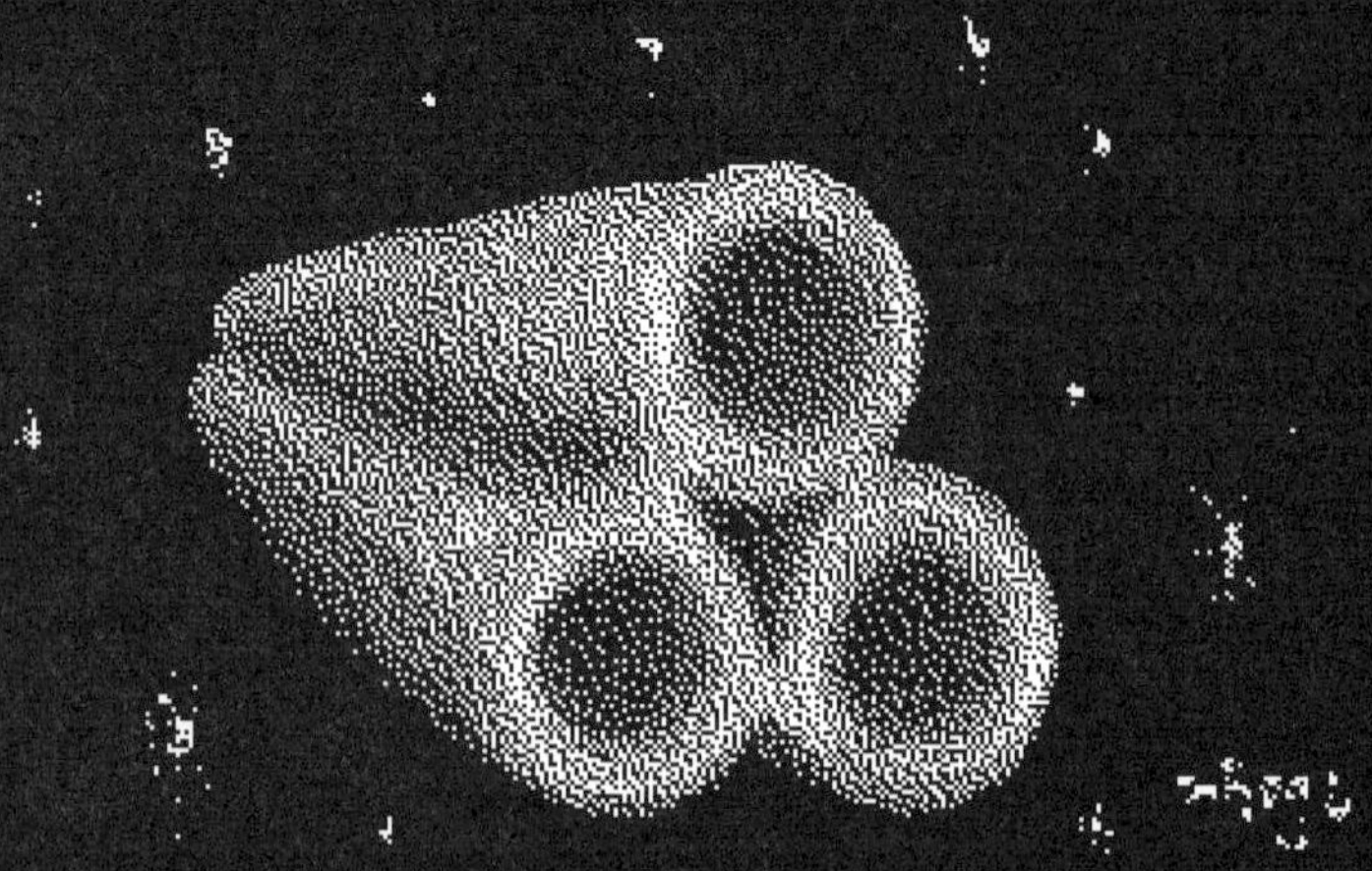

まり、マカロニの外側にできた穴」

マカロニの外側にできた穴、か。変だけど、たしかにマカロニの内側の穴ではない。

「その穴をかじってみたくなって、お母さんに食べてもいいかと訊くと、『しょうがない子ねえ』って。それで、三つにくっついたマカロニをかじってみた。前歯が、まずはマカロニの〈内側の穴〉に入って、そこから、真ん中の〈外側の穴〉を、ぷちっとかみ切った」

何だかややこしいけど、そういうことになりそうだ。

「そうやって、マカロニを内側からかじって、しかも、穴もぷちっとかみきれたってわけ」

石戸さんの話が終わると、オルフェウスは、

「おもしろいお話ですね。まさにそういうことです」と言った。

謎その27・どうしてこの宇宙だけが本物なの？

「まさにそういうこと？」

僕は思わずオルフェウスに訊いた。

「はい。一つ一つの宇宙は穴のようなもので、そのそれぞれの中に、さまざまなものが包まれて入っています。そして、私たちの宇宙だけは、無数にひしめく宇宙の、外に包まれた穴なのです」

そうオルフェウスが言うと、石戸さんがこうつけ加えた。

「三つにくっついたマカロニにたとえるとしたら、こうかな。三つのマカロニの〈内側の穴〉が、それぞれほかの宇宙。真ん中にできた〈外側の穴〉が、私たちの宇宙」

謎 その27

「そうです。私たちの宇宙は、ほかの宇宙の〈外側〉に包まれています。そして、無数にあるほかの宇宙をあわせた全体は、さらに大きな〈外側〉に包まれています」

するとと石戸さんがまたつけ加えた。

「三つにくっついたマカロニは、真ん中にある〈外側の穴〉を囲んでいるけど、三つのマカロニ全体は、もっと大きな〈外側〉に囲まれているでしょ?」

「僕たちの宇宙が〈包まれている外側〉だとすれば、〈包む外側〉もあるということですか?」

「そのとおりです。〈包む外側〉は、古くから〈大いなる夜〉呼ばれています」

大いなる夜!

〈黒の人〉は、昼と夜が分けられる前には〈大いなる夜〉があったと言っていた。〈青の騎士〉は、そんなものはないと言っていた。

いつの間にか、いろんな方角の遠くに、たくさんの宇宙が漂《ただよ》っている。音だけがある宇宙。すべてが宝石でできている宇宙。空間がなくて時間だけが流れている宇宙。生き物たちがみんな幸せそうにしている宇宙。オルフェウスは、遠くを見ながらこう言った。

「私たちの宇宙のほかに本物なのは、〈大いなる夜〉だけです。私たちの宇宙は、〈大い

なる夜〉とつながっています。つまり、〈包まれている外側〉と〈包む外側〉だけが本物で、その二つの〈外側〉はつながっているのです」

僕はまた、黒い紙に描かれた絵を思い浮かべた。〈大いなる夜〉は、黒い紙そのものなのだろうか。黒い紙は、絵の全体をうしろから包んでいるとも言える。

その絵に一箇所だけ色の塗られていない黒いところがあれば、それが僕たちの宇宙なのだろうか。その黒いところは、色の塗られている場所に囲まれている。そして、黒い紙全体とつながっている。

「そうすると、僕たちはどこへ向かっているのですか？」

「〈包む外側〉です。夜の奥深くの、その向こうにある、〈大いなる夜〉です」

謎その28・プレッツェルの生地の穴を一つ増やすには？

このアルゴ船は、〈包まれている外側〉から、〈包む外側〉へと向かっている。三つにくっついたマカロニの、真ん中にできた穴から出て、三つのマカロニの外側へいこうとしているのだろうか。

そうオルフェウスに訊いてみた。すると、

「そのような考え方もできますね」と答えてくれた。

はっきりとそうとは言えないのか。不思議に思っていると、石戸さんが、

「私、プレッツェルも好きなんだけど」と言う。

マカロニの次はプレッツェルか。

「プレッツェルには、三つの穴があるでしょ？」

「えっと、たしかそうだね」

「焼く前のプレッツェルの生地《きじ》があるとするよね」

「うん」

「そうすると、焼く前のプレッツェルの生地にも、穴が三つあるよね」

「そうだね。プレッツェルの形に作ったなら、穴は三つあるね」

「生地の穴を四つにするには、どうしたらいいと思う？」

「三つの穴を、四つに増やす

の？」

「うん。離れている生地どうしをくっつけたり、くっついている生地どうしを離したりせずに」

「つまり、引っぱったり、のばしたりするだけってこと？　生地どうしがくっついたり、離れたりしないようにしながら」

「そう。引っぱったり、のばしたりするだけで、穴を四つにできる？」

それはむずかしいなあ。生地をいくら引っぱったり、のばしたりしても、穴は増えそうにない。

「うーん……まいった。降参」

「答えはね、生地の真ん中のところをもちあげて引っぱるの。そうすると全体が立体的になって、三角錐《さんかくすい》のような形になる」

真ん中のところをもちあげて引っぱる？　三角錐のような形？

「あ！　そういうことか！」

ほんとだ。生地を三角錐のような形にすると、三角錐の三つの側面に、一つずつ穴がある。そして、三角錐の底に、四つ目の穴ができる。

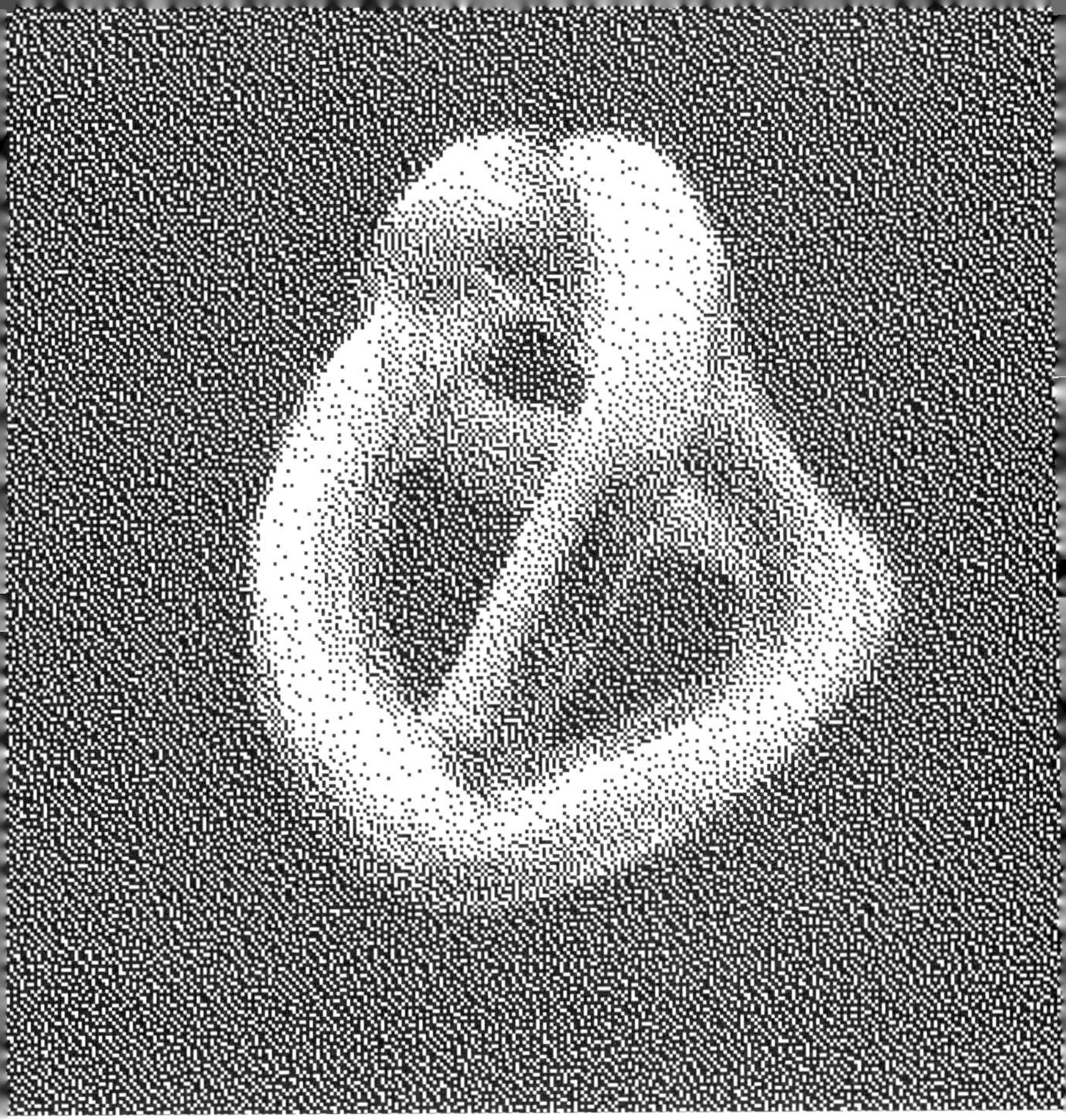

石戸さんはこう言った。

「新しい穴はどこからやってきたのかというと、生地を〈包む外側〉からやってきた」

僕は頭の中で、生地の真ん中をもちあげて引っぱって穴を四つに増やしたり、その反対に、生地の真ん中を元に戻して穴を三つに減らしたりということを、やってみた。

そうすると、四つ目

の穴は、生地の外側からやってきたり、その反対に、生地の外側に逃げていったりする。むずかしいけど、何となくわかる感じはする。

そうだ。そもそも〈包む外側〉がなければ、生地を引っぱって立体的な形にすることもできない。

石戸さんはさらに説明してくれた。

「〈包む外側〉だったところが、いつの間にか〈包む外側〉じゃなくなることもある。そもそもどこからが〈包む外側〉なのかは、意外とはっきりしないのかも」

オルフェウスは、微笑みながら、ときどき感心している様子で、石戸さんの話を聞いている。

石戸さんの言うとおりだとすると、僕たちが〈包む外側〉へいくときにも、どこからが〈包む外側〉なのかは、はっきりしないのかもしれない。

それにしても、すごいな。世界を遠くに見ている石戸さんは、食べ物のような身近なものにふれているときにも、宇宙や世界について考えているのか。

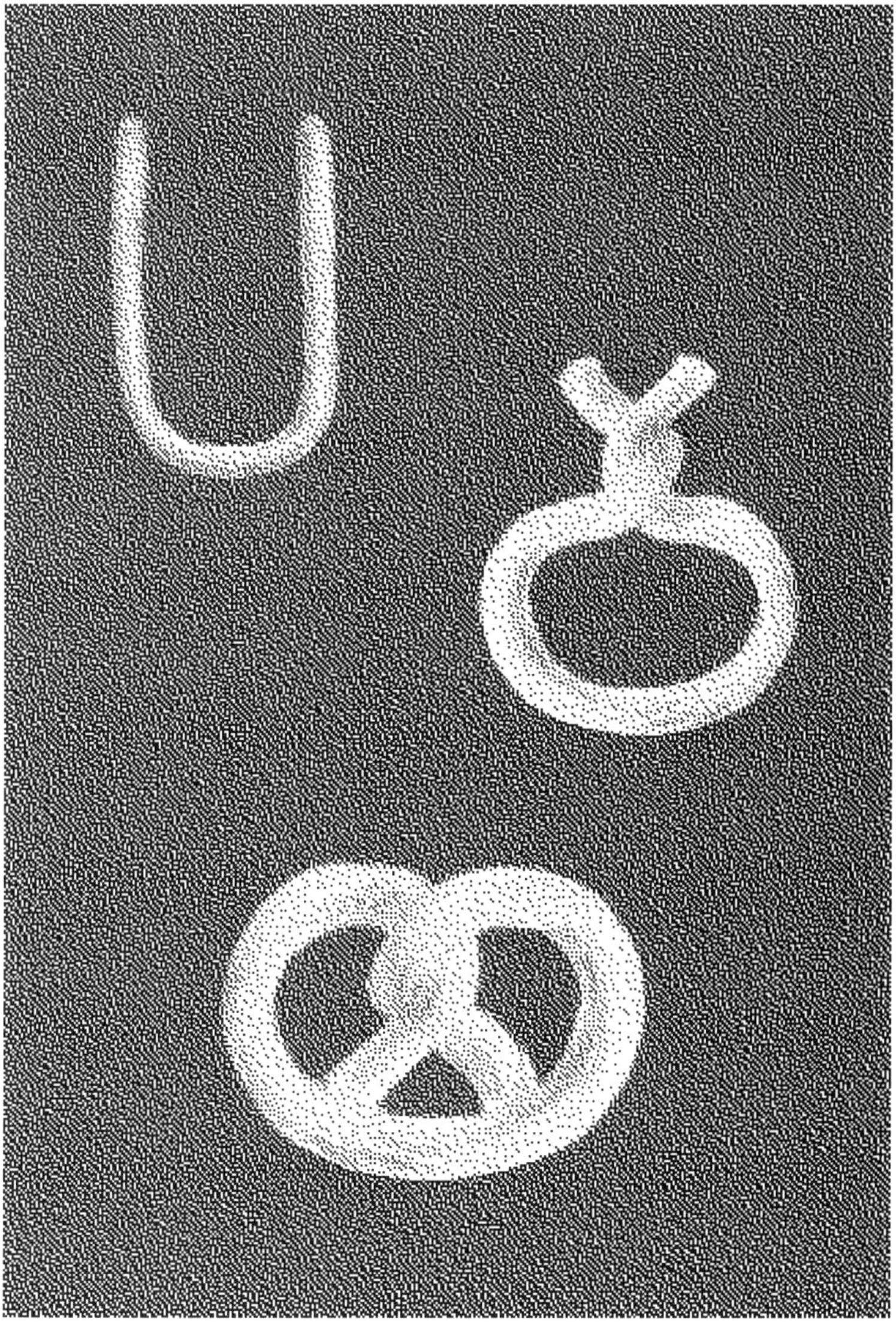

謎その29

袋のとんがったでっぱりは何のためにある?

「それからね、こういうのもあるよ」

石戸さんは心から楽しそうだ。

「クッキーなんかの袋に、三角のとんがった切れこみがあるでしょ? あれは何のためにあると思う?」

「あれは、袋を開けやすくするためでしょ?」

「正解。じゃあ、袋の反対側にある、三角のとんがったでっぱりは、何のためにあると思う?」

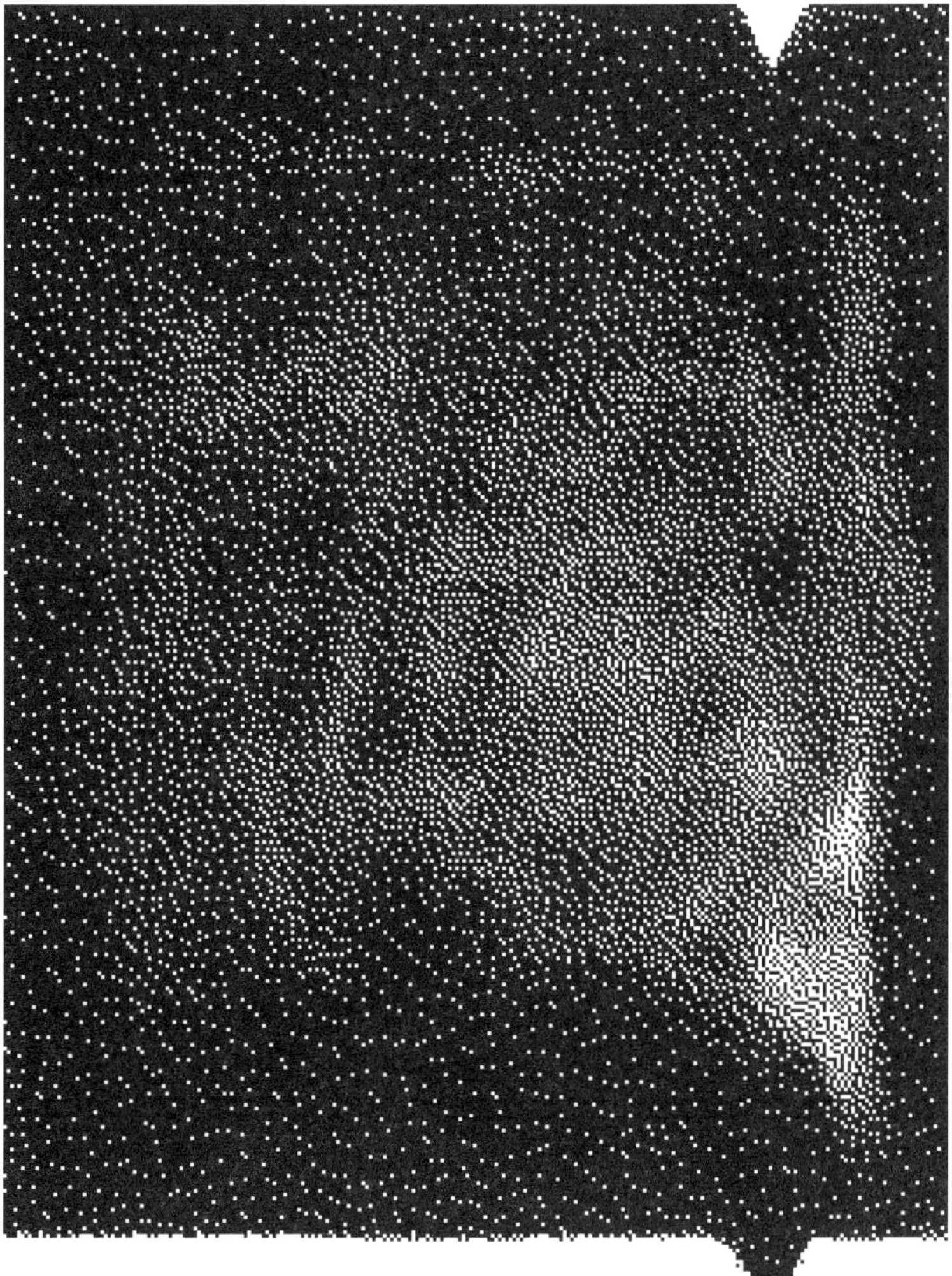

「三角のとんがったでっぱり……。ああ、あれか。あれは、何のためでもないでしょ？」

なんてつまらないことを言ってしまったんだ。石戸さんがそんな答えを期待しているはずがない。

そんな後悔をしていると、石戸さんはこう言った。

「あれはね、袋を開けやすくするためにあるの」

ん？　どういうことだ？

困っていると、石戸さんがまた助けてくれた。

「だってさ、どうしてあんなでっぱりがあると思う？」

「それは、次の袋に切れこみを作るためだよね」

「ということは？」

「次の袋を開けやすくするため」

「ほら」

あ、そういうことか！　三角の切れこみと、三角のでっぱり、正反対のもののようで、それがある理由は一緒なのか。

謎その29

「石戸さんはすごいね。クッキーの袋一つ見ても、そんなことを考えるんだね」

「自分という人間ひとりとっても、いろんなことが考えられるよ。自分に欠けているところは、ほかの人のでっぱりになってるんじゃないだろうか、とか」

するとオルフェウスがこう言った。

「まるで、あなたがたお二人のようですね」

そうだ。昔、こんなことを考えたことがあったぞ。たくさんの生き物がいる中で、この僕という人間だけが特別なあり方をしている。この僕は、平らだった世界にできた、でっぱりのようなものだ。ということは、このでっぱりができた拍子に、世界のどこかにくぼみができたんじゃないだろうかって。

この草野春人という人間は、世界をありありと見ている。石戸夕璃は、世界を遠くに見ている。僕が世界にできたでっぱりだとしたら、石戸さんは世界にできたくぼみなのだろうか。

そんな二人ができた理由がもし一緒だとしたら、その理由って？

謎その30・〈包む外側〉へ近づくと、何が起きる？

〈夜の波打ちぎわ〉を出発してから、どれくらい時間がすぎただろう。

時間の経過が、よくわからなくなっている。もう、人の一生よりも長く、旅をしているような気がする。

オルフェウスと石戸さんを、ずっと昔から知っている。生まれたときから、いや、生まれる前からずっと。

オルフェウスと石戸さんと僕は、時間とは関係がない場所で、こうしている。

とても心地よくて、幸せだ。

たくさんのオールは、そろった動きをつづけている。オルフェウスは時折、オールの

謎その30

リズムを導くように竪琴を奏《かな》でる。

「オルフェウス！」

ふり返ると、船長のイアソンが立っている。どうしたのだろう。慌《あわ》てた顔だ。

「オルフェウスよ、船の進路はたしかに正しいのか」

「はい。私はそう確信しています。異変があったのですか、イアソン」

イアソンは足もとを指さした。

「夜明けでもないのに、船が透《す》けてきているのだ」

本当だ。よく見ると、船体がうっすらと透けている。

オルフェウスは目を閉じた。

目を開けると、オルフェウスはイアソンを見てうなずいた。そして、石戸さんと僕のほうを向いた。

「天球の外壁の近くまできたようです。天球の外壁には光が灯《とも》っていて、この船はそこまでいくことができません。もうじき、この船と私たちは消えてしまうでしょう」

そんな……。

石戸さんも僕も黙ってしまった。

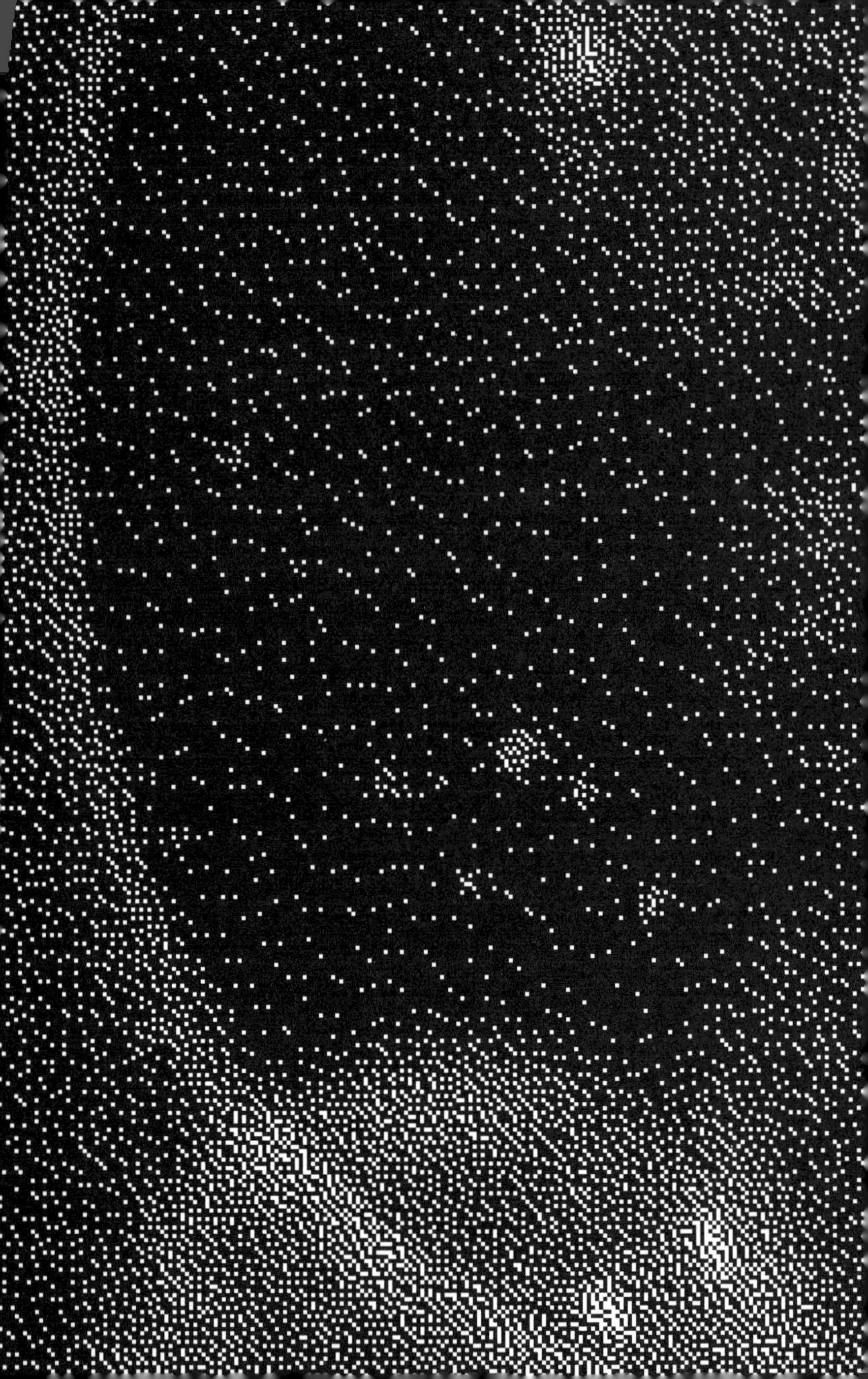

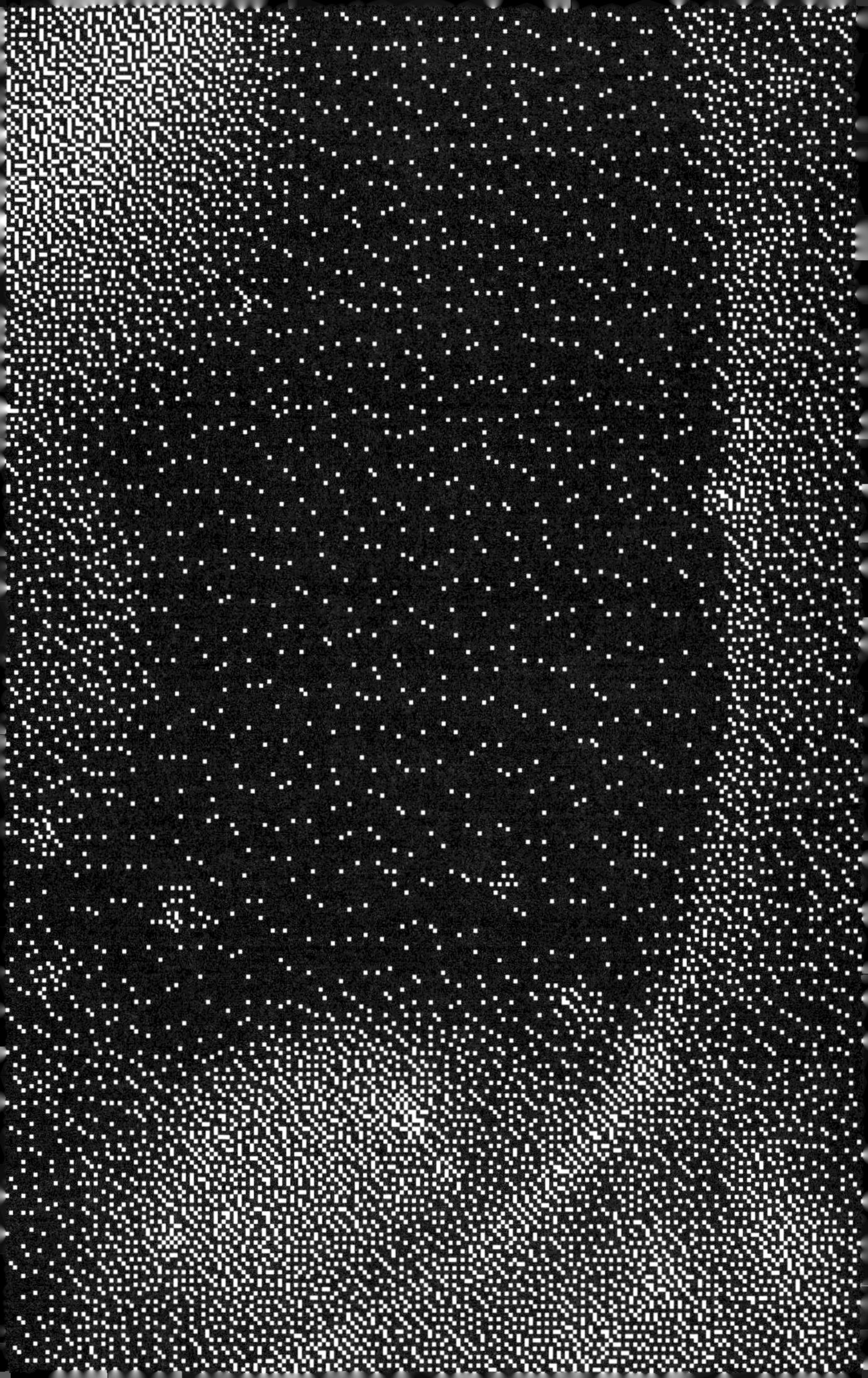

するとオルフェウスが教えてくれた。

「この船が消えたとき、あなたがたが存在しつづければ、〈大いなる夜〉へ近づくことができるでしょう」

「存在しつづけることができなければ？」と石戸さんが訊く。

「〈夜の波打ちぎわ〉へと戻るでしょう。〈言葉拾い〉の若者が、見つけて助けてくれるはずです。でも、〈みことば〉を授かったあなたがたなら、先へいけると私は信じています」

そのうちに、船はますます透けてきた。オルフェウスとイアソンも透けて見える。

僕はとても悲しい気持ちになった。僕たちは、永遠に旅をともにしてきたのだ。

目から涙があふれてきた。

「また会えるでしょうか」と、僕は涙を手でぬぐいながら言った。

オルフェウスは微笑《ほほえ》み、

「はい、また会えます」と言った。

それを聞いたイアソンも微笑んだ。

謎その31・宇宙の果てはどんなところ？

気がつくと、僕は一人で暗闇の中を漂《ただよ》っていた。

いや、漂っているのかどうかもわからない。何も見えないし聞こえない。石戸さんの姿も見えない。自分の体も見えない。手足を動かしても、泳いで進むことができない。

「はじめまして」

誰の声だろう。

「私は、宇宙の果てに住んでいる者です」

宇宙の果て……。地球からはどれくらい遠いのだろう。

「ここは、地球からどれほど離れているのですか？」

「あなたがた地球人が考えたこともないくらい、遠くです」

「百億光年とか？」

「もっと遠くです」

「じゃあ、そのさらに百億倍ではどうですか？」

「もっと遠くです」

「想像もつかない……、そんな大きな数」

「私は普段から、地球人が考えつかないくらい大きな数を使って生きています。だから、地球からここまでがどれくらい遠いのかも、よくわかるのです」

宇宙の果てか。その先へはいけるのだろうか。僕は不安になった。

「ここ、宇宙の果ては、どういうところなのですか？　行き止まりがあるのですか？　先にはいけるのですか？」

「むずかしい質問ですね。行き止まりは、あるとも言えますが、ないとも言えます」

行き止まりは、あるとも言えるけど、ないとも言える。どういうことだろう。

「あなたは、たった一人でここにいるのですか？」と僕は訊いた。

「ヒトリ？　それはどういう意味ですか？」

「あなたのように生きているかたの数は、1ですか？それとももっとたくさんですか？」

「1というのは、数ですか？」

「そうです」

「小さすぎて私にはわかりません。1より小さな数はあるのですか？」

「うーん、ゼロかな。でもふつうは、一番小さな数といえば、1です」

「そこに数の行き止まりがあるのですか？」

「行き止まり……。あるとも言えるような、ないとも言えるような」

「なんと、数にも果てがあったのですね。私は宇宙の果てに住んでいますが、あなたは数の果てにいるのですね」

数の果て……。5、4、3、2、1と数は小さくなって、そこが数の果てなのか。ゼロやマイナスの数も、もしかするとあるのかもしれない。でも、プラスの数は1で終わりだ。あの声の主は、すごく大きなプラスの数はわかるのに、プラスの数が小さくなると、1で終わることがわからないみたいだ。

宇宙の果ては、プラスの数が小さくなって1で終わるのと、似ているということか。だとするとたしかに、行き止まりがあるような、ないようなところかもしれない。

謎その32・数の世界ってどんなところ？

あたりがまぶしくなってきた。

思わず目を閉じて、「まぶしい」とつぶやいたが、さっきの声の返事はなかった。

そのうち、目を閉じていてもまぶしくなってきた。両手で目を覆《おお》った。

しばらくすると、いつの間にか足の裏が地面についていることに気がついた。僕はひざを伸ばして立ちあがった。

目がまぶしさに少し慣れてきたようだ。僕は両手を目から離して、おそるおそる、ゆっくりと、目を開けてみた。

自分の両手が、まわりの明るさに比べて、暗くなっていた。下を向くと、体全体が、

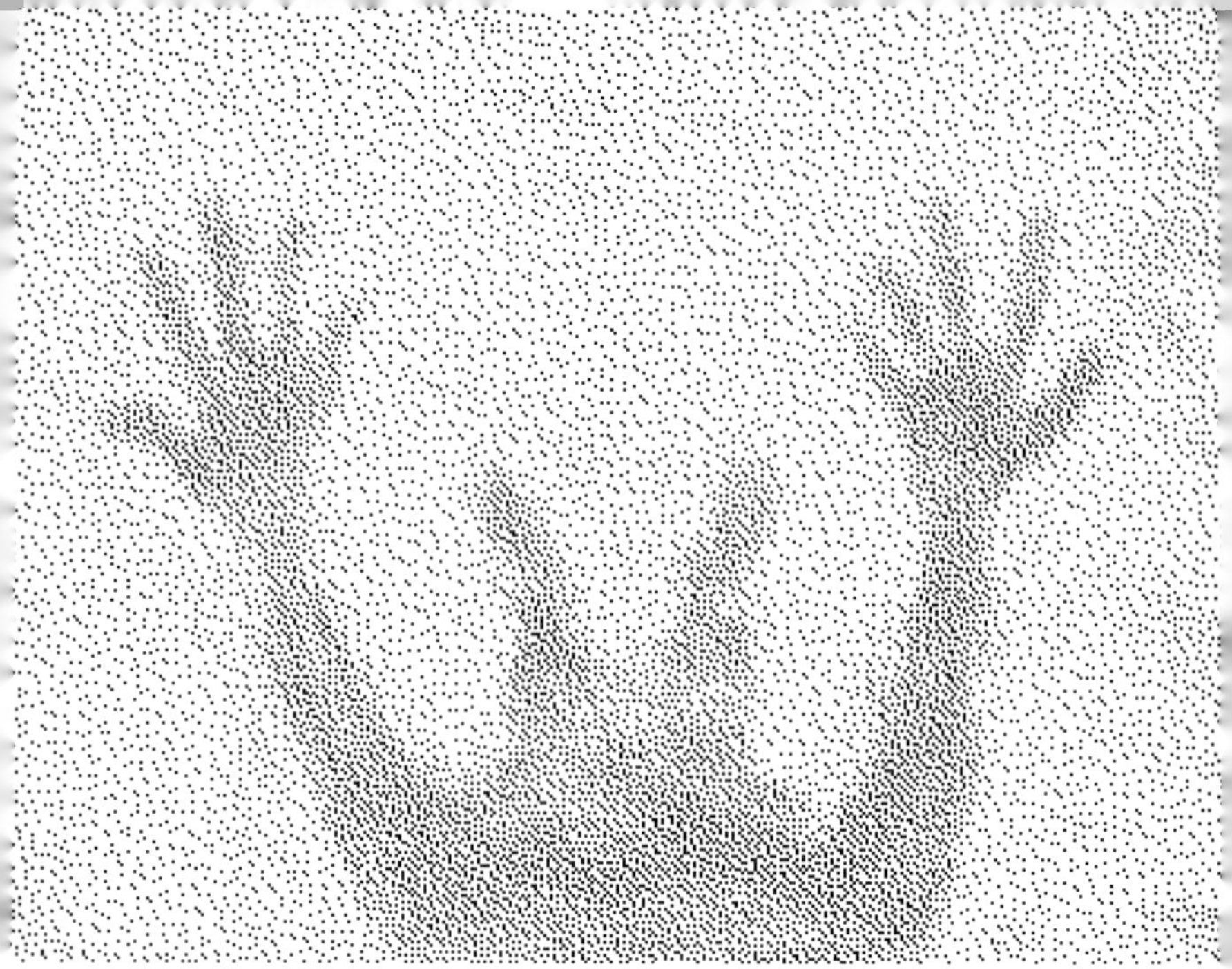

薄暗い影のようになっている。

　あれがまぶしい光のもとか。遠くに、青く光る線が見える。あれは何だろう。僕の足は自然にそちらのほうへ向かった。

　青い線に近づいていく。あれは線ではなくて、何かの列だ。何が並んでいるんだろう。

　数だ。数が並んでいる。青く光る数が並んでいる。

　石戸さんはどこへいってしまったのだろう。

　そう思ったとたん、

「ここだよ、草野くん」という声がした。

　声の聞こえたほうを見ても、何も見え

謎 その32

ない。おかしいな、僕の体は薄暗い影のようになって見えるのに。

「よかった。石戸さん、いたんだ」

「ここ、いったいどこなんだろう？　天球の外壁かな」

「あそこで、数が列になってるよね」

「いってみようか」

近くまできてみると、やっぱり数が並んでいた。数の青く強い光に照らされて、ようやく石戸さんの姿が青く浮かびあがって見えるようになった。

僕たちは、理解できないくらい大きな数の前に立っていた。その片方の側には、数がさらに一つずつ大きくなるようにして、列になっている。その反対側を見ると、数が一つずつ小さくなるようにして、列になっている。

「小さいほうにいってみない？」と石戸さんは言った。

僕たちは数が小さくなるほうへと、青く光る数の列にそって、はてしなく歩いた。はてしないけど、数は確実に一つずつ小さくなっていく。

ようやく、理解できるくらいにまで数が小さくなってきた。

「あ、端っこが見える」と石戸さんが言った。

本当だ。遠くのほうで、青く光る列がとぎれている。

僕たちは歩きつづけた。

やっとのことで、列の端まであと少しのところへやってきた。

「言葉が使える！」

全身がびくっとなるくらい驚いた。大声のしたほうを見ると、それは32だった。

すると、32の声から広がっていくようにして、数たちがざわめき始めた。

石戸さんはあまり驚いていない様子だ。

数たちのざわめきを聞きながら歩いていくと、列の先頭のほうが、ひときわ騒がしくなっていた。

謎その33・数が場所を変えることはできる？

列の先頭までくると、そこには1がいた。

「ああ、あなたがたか。あなたがたがきたから、みんなが言葉を話し始めたのだな。かく言う私も、こうして言葉を話すようになったが」

「このあたりはひときわ騒がしいですが、いったいどうしたのですか？」

そう僕がたずねると、1は、

「6が、場所を変わりたいと言いだしたのだ」と答えた。

石戸さんと僕は、6のほうを見た。

「どうだい誰か代わってくれないか。ずっと同じ場所にいたから、もう飽き飽きなん

だよ」

6は、まわりにそう話しかけている。

ざわめきの中から、9が声をあげた。

「たしかに6の言うとおり、みなさん、もう同じ場所に飽きたのではないでしょうか？」

「それもそうね。いつからなのかわからないくらい、ずっと同じ場所にいるわよね」

そう、4が言った。すると、9が呼びかけた。

「では、こうするのはどうでしょうか。1から私までの数で、場所替えするというのは？」

「そりゃ名案だ」と、6が言い、ほかの数も口々に賛成している。

謎その33

1のすぐうしろにいる2と3も、9の案に賛成のようだ。

「いいのですか?」と、僕は1に訊いた。

「まあ、見ていなさい」と、1は言った。

9までの数たちは列を離れ、輪になって話し始めた。1は最後にそこに加わった。

数たちの話し合いは、長くつづいた。

「偶数になりたいな」という7の声が聞こえたり、

「わたくしは3か、5か、7がいいわ。素数になってみたかったのですの」という8の声が聞こえたりした。

「私は断然、先頭の1がいいです」と、9はしきりに主張していた。

ようやくのことで、話し合いが終わったようだ。

数たちは、新しい順番で並び始めた。

新しい並びかたは、9、4、8、6、1、7、3、5、2、という順番のようだ。

9は言った。

「1になれて本当にうれしいです! うしろのみなさんの新しい名前も、おぼえなくてはいけませんね」

すると、2が驚いたように言った。

「何ですと？　名前まで変わるのですか？　名前はそのままで、9、4、8、6、1、7、3、5、2という並びかたになったのではないのですか？　そうでなければ、場所替えをしたことにならなくはないですか？」

「なるほど。私は、9という名前を変えないまま、1番目の場所にきたのですね」

「9という名前が変わらないなら、あなたのいる場所を1番目の場所と呼んではいけないわ。そこは9番目の場所よね」と、4は言う。

「なるほど。だがそれだと、私はもといた9番目の場所から、9番目の場所にきたことになって、ちっとも場所替えをしたことにならなくはないですか？」

「そうかしら。さっきまで、あなたの前には8がいたわよね。でも、いまは……」

「誰もいません」と、9は4に言い、こうつづけた。

「でもそうすると、この場所の呼び名が『1番目』から『9番目』に変わっただけだということになりませんか？　場所の呼び方が変わっただけなら、場所替えをしたことにはならなくなるのではないですか？」

「場所の呼び名が変わっただけですって？　それはどうしてですの？」

謎その33

素数になりたがっていた8がたずねると、9はこう答えた。

「たとえば、1がこの場所にいるままで、1が『9』に名前を変えさえすれば、ここは『9番目』という呼び方になります。そして、前には誰もいない9番目の場所に、9がいることになります。ほら、いまの状況と何ら変わらないではないですか」

「たしかに場所替えをしたはずなのに、おかしいなあ」

言い出しっぺの6も困り始めた。

「せっかく6番目から4番目に場所を移ったはずなのに、4が6に名前を変えただけのことと、同じだなんて」

数たちは次第にざわつき始めた。

「場所がそのままで名前が変わっただけなら、ただややこしくなっただけね」

そう、4は言った。

「ややこしくなっただけなら、もとに戻ったほうがいいよなあ」

言い出しっぺの6がそう言うので、数たちは動き始め、それぞれもとの場所に戻っていった。

謎その34・どうして、すべてのものを合わせると一つになるのか？

先頭に戻ってきた1は、「やれやれ」とつぶやいた。

「あなたには、こうなることがわかっていたのですね」と石戸さんは1に言った。

「あなたは、ほかの数たちと、どこか違いますね」と僕は言った。

「私は数だが、それと同時に、数ではない。私は数であり、闇。闇であり、ゼウスの玉座《ぎょくざ》」

ゼウス！　石戸さんと僕は顔を見合わせた。1とはいったい……。

1は話をつづけた。

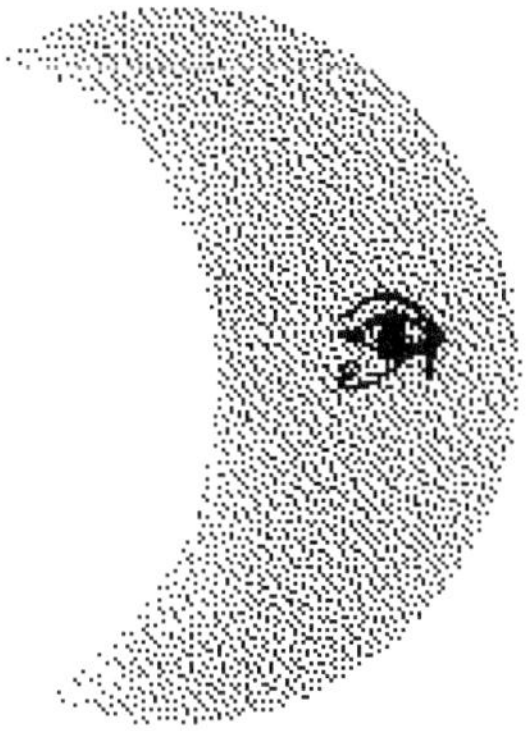

「すべてのものは、それぞれ一つだ。無数にある星も、それぞれは一つ。あなたがたも、それぞれは一人だ。それはなぜか、知っているか。それは、すべては私から生まれたからだ」

何だって？　無数の星も僕たちも、すべてが1から生まれた？　1なんて、ありふれた小さな数だと思っていた。

1はさらに話をつづけた。

「すべてのものは、合わせれば一つだ。無数にいる生き物も、合わせれば一つの集合体だ。さらには、すべてのもの、すべての宇宙を合わせれば、一つの全体となる。それは、すべては私へと帰ってくるからだ」

たしかに、すべてのものを合わせると、そ

の全体というものは一つになる。

「すべては1から始まり、1へと帰っていく」と石戸さんは言った。

「そのとおりだ。あなたは私だった」

いま初めて気がついた。1は光を発していない。うしろの数たちの青い光に照らされている。石戸さんも、青い光に照らされていて、光を発していない。

1は闇。そして、石戸さんは暗闇とつながっている。

1と石戸さんは、何かをわかりあっているように見えた。

謎その35・どうやって、1から2ができた？

「あのう、お話を聞いていたのですが、いや正確には、聞こえていたのですが」

とつぜん、2がうしろから、1に話しかけた。

「すべてがあなたから生まれたということは、2である私も、あなたから生まれたのですか？」

「もちろんそうだ」と、1は答えた。

2は、さらに1にたずねた。

「あなたは私を、どうやって産んだのですか？」

「それを言葉で説明するのは、むずかしいことだ」

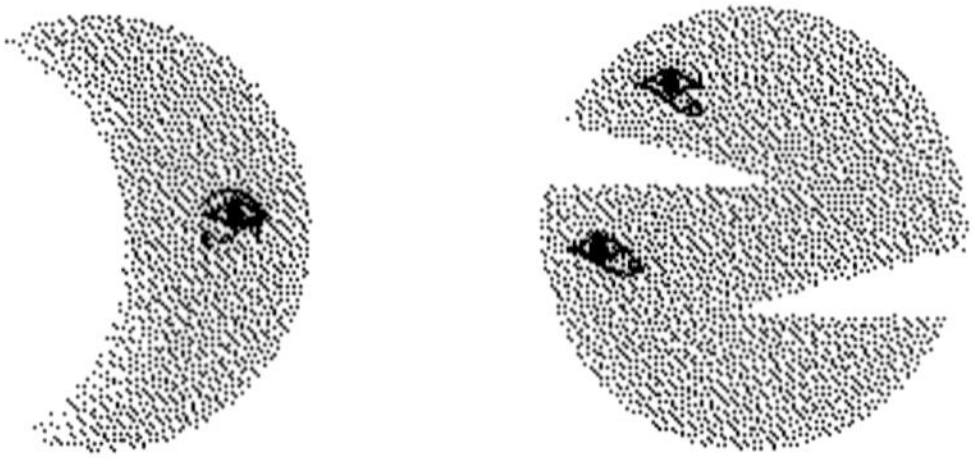

すると2は、1にこうたずねた。

「すべてがあなたから生まれたということは、最初はあなただけしかいなかったということですか？」

「そう、最初は私だけしかいなかった」

「そうすると、こういうことでしょうか？　あなただけしかいなかったとき、あなたが二つに分かれた。そうやって、『2』という数ができて、私が生まれたのですか？」

なるほど。でも、2の言うように、1が二つに分かれて2という数ができたのだとしたら、どうだろう。もし、そうだとしたら、2の内側に1が二つあるような状態になるはずだ。でも、いまそうなってはいない。1は2の内側にはいない。

謎その35

2はさらにたずねた。

「それとも、こうでしょうか。あなただけしかいなかったところへ、どこからか、もう一つの1、つまり別のあなたがやってきた。1ともう一つの1で、合わせて2。そうやって『2』という数ができて、私が生まれたのですか？」

ふうむ。それでもやっぱり、1と1が合わさって2ができたのなら、2の内側に1が二つあることになる。でも、1はいま、こうして2の外側にいる。

1はようやく説明を始めた。

「私が二つに分かれて『2』という数ができること、それから、別の私がどこからかやってきて『2』という数ができること、これらはどちらも正しい。どちらにしても、同じことだったからだ」

「同じことですって？　それは、どういうことですか？」

2は驚いている様子だ。

「私の内側から、別の私があらわれたのなら、私は二つに分かれたことになる」

「なるほど、それはそうですね」

「反対に、私の外側から、別の私があらわれたのなら、別の私がどこからかやってきたことになる」

「なるほど、それもそう言えますね」

「だが、始めは私だけしかいなかった。どこを見ようが、どこを探そうが、どこまでいこうが、ただただ私。そんな私に、内側も外側もなかったのだ」

「内側も外側もなかった……。たしかに、言葉で理解するのはむずかしいですね」

すると、1は言った。

「あなたは、私の外側に立っている」

「はい。ここにこうして、あなたの外側に立っています。あなたの内側にはいません」

「あなたが生まれて初めて、私には外側というものができたのだ。あなたが生まれる前、私には内側も外側もなかったのだ」

「ふうむ、内側も外側もなかった……」

「だから、別の私が、私の内側からあらわれたと言っても、私の外側からあらわれたと言っても、同じことだったのだ」

「そうすると、新しくあらわれたあなたは、どこへいったのですか？　いまはどこにいるのですか？」

謎その35

「あなたの内側にいる」

そうか。２の内側には、１が二つある。新しくあらわれた１は、そのうちの片方というわけか。

あれ、そうするともう片方の１は？

疑問に思っていると、２が言った。

「では、私の内側のもう片方の１は……」

「別の私があらわれた瞬間の私だ。その瞬間を封印して生まれたのが、２であるあなたなのだ。だから、あなたの中では、二つの１が、互いに内側も外側もなく、結びついている。そのような結びつきによって、あなたは一つの２なのだ」

そのとき、石戸さんが僕に言った。

「何かがくる」

謎その36
〈切り分ける力〉は、どうやって自分をほかから切り分けた？

「何か？」

石戸さんを見ると、その姿が、ますます強い青の光で浮かびあがっている。

2が強く輝き始めたのだ。

2は話し始めた。

「あなたは間違っています。二つの1は、互いに結びついていますが、互いから切り分けられているのです。それによって、2は2なのです」

何が起きたのだろう？　さっきまでの2と様子がちがう。

謎その36

2は話をつづけた。

「1よ、そもそもあなたは存在しません。私が放つ光の中に、そうして幻影のように、かろうじて浮かびあがっているだけです。始めに存在したのは、あなたではなく私。つまり、切り分けられた二つの1。そして、私の力によって、二つの1はさらに切り分けられ、新しく結びつけられていきました。そうして3が生まれ、4が生まれ、次々に新しい数が生まれたのです」

1は間髪入れずに言った。

「あなたは切り分ける力はもっているかもしれぬ。だが、始めに何が二つに切り分けられたというのだ?」

2は答えられない。

1は言った。

「私であろう」

2の輝きがさらに強くなり、2の中から、人の形をした青い光のかたまりが歩いて出てきた。

「青の騎士」と石戸さんはつぶやいた。

本当だ。青く輝く剣をもっている。

元に戻った2が、

「あなたは？」と〈青の騎士〉に訊いた。

「あなたの中にいる〈切り分ける力〉です」

〈青の騎士〉は、1のほうへ歩み寄った。

「1よ、あなたを二つに切り分けて2ができるなら、いまここで試してみてもよいですか」

〈青の騎士〉は剣をもちあげた。

「しかしその前にです……」

〈青の騎士〉は石戸さんと僕のほうへ向きなおった。そして剣をもちあげたまま、石戸さんと僕に近づいてくる。

「混ざりものを何とかしなければなりません」

「石戸さん、どうしよう」

すると石戸さんは〈青の騎士〉に向かって言った。

「私たちがここにきたおかげで、あなたと1は、言葉を使って話せたのではありませ

んか」

「1など、ただの幻影です。幻影が言葉を発したにすぎません」

「でもいま、1に向かって剣を振ろうとしていたではありませんか」

「フフ、何も起きないということを確かめるだけです。さあ、いなくなってもらいましょう」

〈青の騎士〉は剣の刃を定めた。ちょっと待って。いなくなってもらいましょうって、石戸さんと僕はここで死んじゃうの？

目の前で、青い閃光が尾を引いた。

目、前、青、閃光、尾。

目、前、青、閃光。

目、前、青。

目、前。

目。

目。

目。

謎その36

目。

目がなくならずに残った？

目、なくなくならず、残る？

目、なくならない？

目？

目？

目？

目がなくならないのはどうしてだろう？

目を切り分けることはできないということ？

目以外のものは、バラバラにされてなくなったのに。体は、バラバラになってなくなったのに。どうして目だけが？

目から青い光が見える。〈青の騎士〉だ。

「どういうことです。なぜ目だけが残ったのですか」

〈青の騎士〉が話している。目だけになって、音は聞こえないけど、言葉の意味が直接やってくる感じだ。

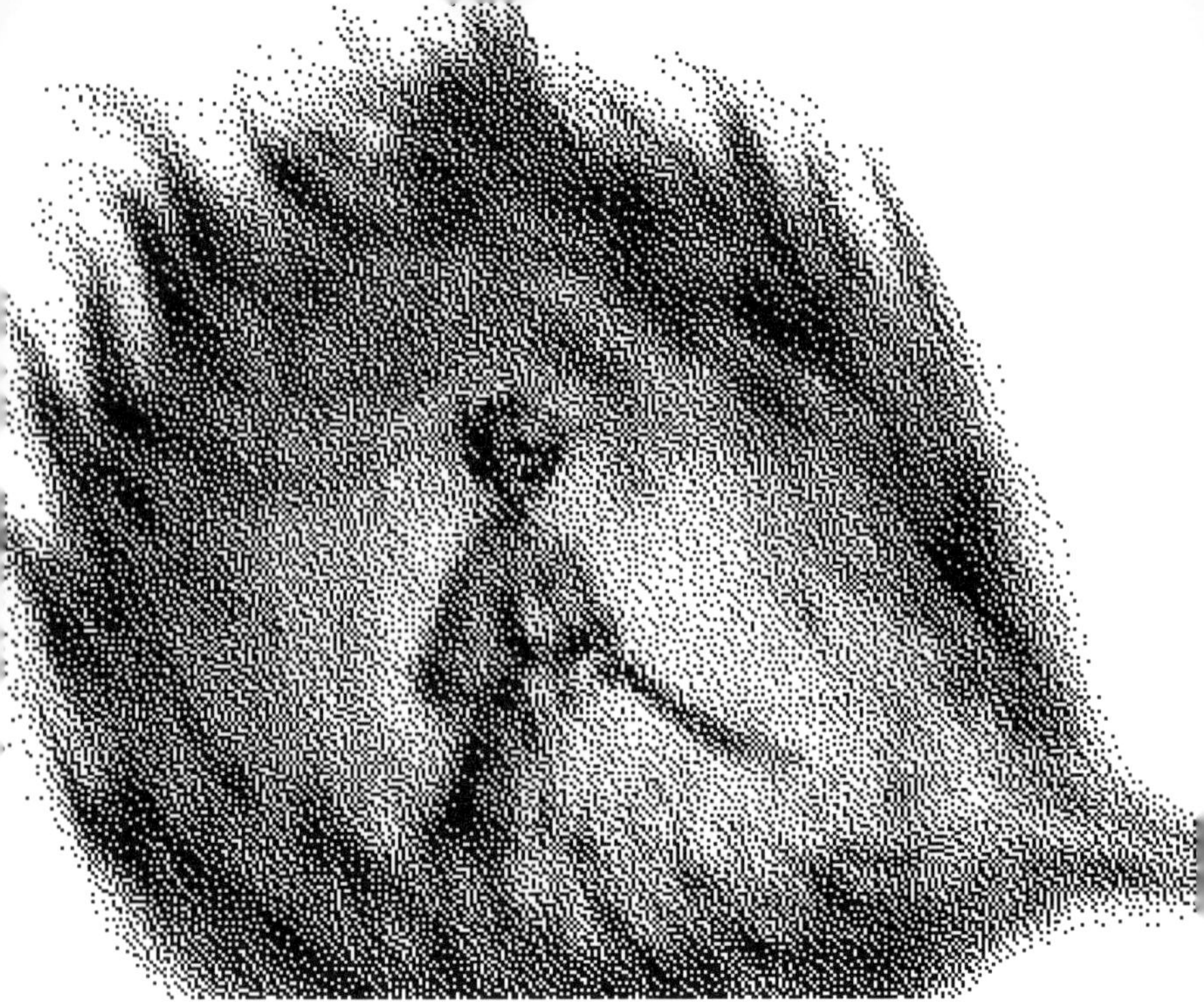

「そしてなぜ、あなたは二人になった？」

石戸さんのことだ。無事でよかった。あれ、青い光の中に、もう一人の石戸さんがいる。石戸さんが二人になった？　何がどうなってるんだ？

突然、片方の石戸さんが巨大な炎を吹いた。

〈青の騎士〉は炎に包まれてよろめく。

「またしてもあなたですか」と〈青の騎士〉は言った。

そうか。炎を吹いたのは石戸さんではなくて、〈黒の人〉だ。

〈青の騎士〉はよろめきながら剣を

謎 その36

振り、炎を自分から切り離していく。

「どこへいったのですか」

〈青の騎士〉はまわりを見回すが、〈黒の人〉の姿は見えない。

〈青の騎士〉は、全身の炎を見事に切り離していく。切り離された炎は、散り散りになって上へ昇っていく。

〈青の騎士〉が炎をすべて体から切り離し終えた頃、昇っていった炎は、はるか上のほうで集まり、火の塊になっていた。石戸さんはそれを見ていた。

炎から自由になった〈青の騎士〉は、剣を振りあげながら、ふたたび石戸さんに近づく。

「もう一度、試してみましょう」と〈青の騎士〉は言った。

そのとき、大きな火の塊が、音もなく〈青の騎士〉の背後に降《くだ》った。その炎は、人の形になりながら立ちあがった。

炎の人は右腕をあげる。炎の右手は、炎の剣をもっている。

炎の剣がゆらめくと、そのゆらめきは蛇のように動いた。剣の先端が、蛇の頭の形になった。

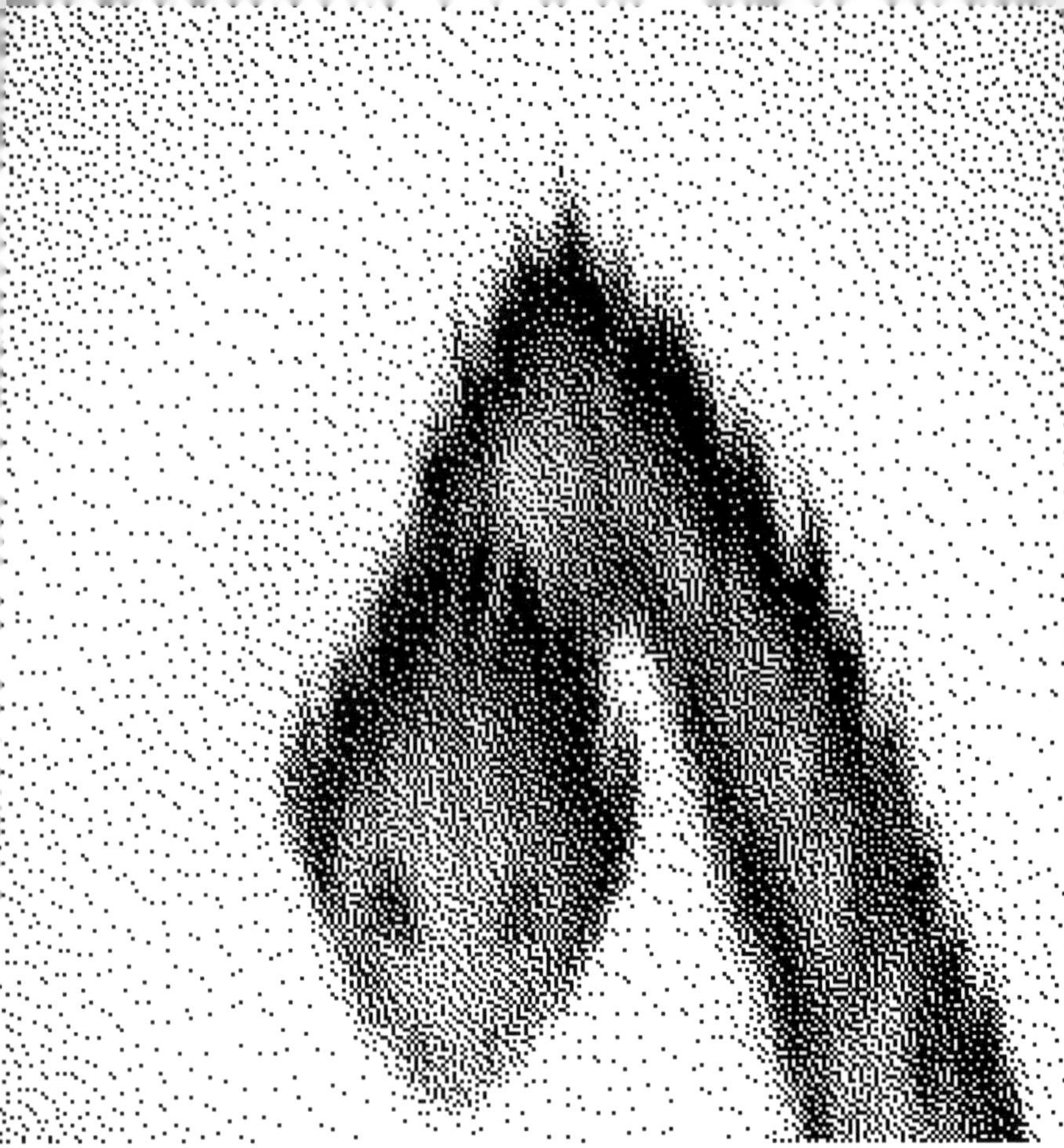

炎の蛇は大きな口を開け、〈青の騎士〉の肩にかみついた。〈青の騎士〉はすばやくうしろを向き、炎の蛇を切り落とした。

切り落とされた炎は蛇のようにはって、炎の人の中へと入っていった。すると、炎の剣がふたたび伸びてゆらめき、蛇の頭が口を開いた。

「思い出したか？」

謎その36

と炎の人は言った。〈黒の人〉だ。

「何をです」と、〈青の騎士〉は剣を構えなおして言った。

「お前は1に刃《やいば》を向けた。それならば思い出しかけているだろう。自分が1の中で生まれたことを」

「私が1の中で生まれた？　いつにも増してわけのわからないことを言いますね」

「孤独だった1は知りたくなった。自らが何であるかを。そこで〈切り分ける力〉であるお前を存在させ、もう一つの自分と出会った。だが、〈切り分ける力〉が強すぎたため、その瞬間そのものが1から切り離され、封印されたのだ」

そうやって封印されてできたのが2だと、1は言っていた。

炎の姿をした〈黒の人〉はこうつづけた。

「そのとき、〈切り分ける力〉そのものもまた、1から切り離されていった。そうして、お前は1を忘れたのだ」

「堕天使《だてんし》……」と石戸さんはつぶやいた。

「なるほど」と〈青の騎士〉は言い、剣の先をおろして炎に歩み寄ると、すばやく剣を下から上に振りあげた。炎は真っ二つになった。

〈青の騎士〉は言った。

「いつもながら、お話を作るのが得意ですね。お話というよりも幻想ですが。あなたのせいで人間たちも、現実と幻想の区別がつかなくなります。困ったことをしてくれます」

真っ二つになった炎は、そのまま小さくなって上にのぼっていくかに見えたが、形を変えて二つの翼になった。二つの炎の翼は、対《つい》になると、そろって勢いよく羽ばたいた。炎の翼はみるみる大きくなった。

ノーウェア・スパの女の子が「ホルス様」と呼んだ、一対の炎の翼だ。

炎の翼は、〈青の騎士〉を両側から包み込もうとする。

「フフフ。幻想を作っているのはお前ではないか」

〈黒の人〉が話し始めた。

「1しかなかった。そこに生まれたお前が、2を作り、3を作り、無数の数、無数の言葉、無数の世界を切り分けながら作っていった。〈この物語〉も、作っているのはお前ではないか」

「この物語?」

謎その36

「そう、まさに〈この物語〉だ。お前にはわからぬ言い方かな。いずれにしろ、お前が作るものは、すべて幻想だ。本来あるのは、1のみ。お前は、それを切り分けているにすぎない」

巨大な炎の翼は、〈青の騎士〉を両側から包み込もうとする。〈青の騎士〉は剣を杖のように立て、右ひざをついた。苦しそうにしている。

あれは何だろう。青く光る〈青の騎士〉の胸の真ん中から、何かが出てきている。胸骨だ。胸骨が、両側に肋骨をつなげたまま、胸の中から前へ出てきている。

青く光る胸骨と肋骨は、そのまま胸の前へ突き出ていくと、胸骨が左右二つに割れた。二つに割れた胸骨が左右に離れていくと、肋骨も左右対称に開いていく。そうして肋骨は体の両側まで開いたかと思うと、ものすごい勢いで背中のうしろへと広がった。〈青の騎士〉の背中に、二枚の翼が広がった。

「昔の姿に戻ったか」と〈黒の人〉は言った。

青い翼は羽ばたき始め、〈青の騎士〉は、炎の翼をのがれて上へ飛んでいく。

炎の翼も羽ばたき、〈青の騎士〉を追っていく。

青い光と赤い光は遠ざかっていき、小さな点になってお互いを追いかけあっている。

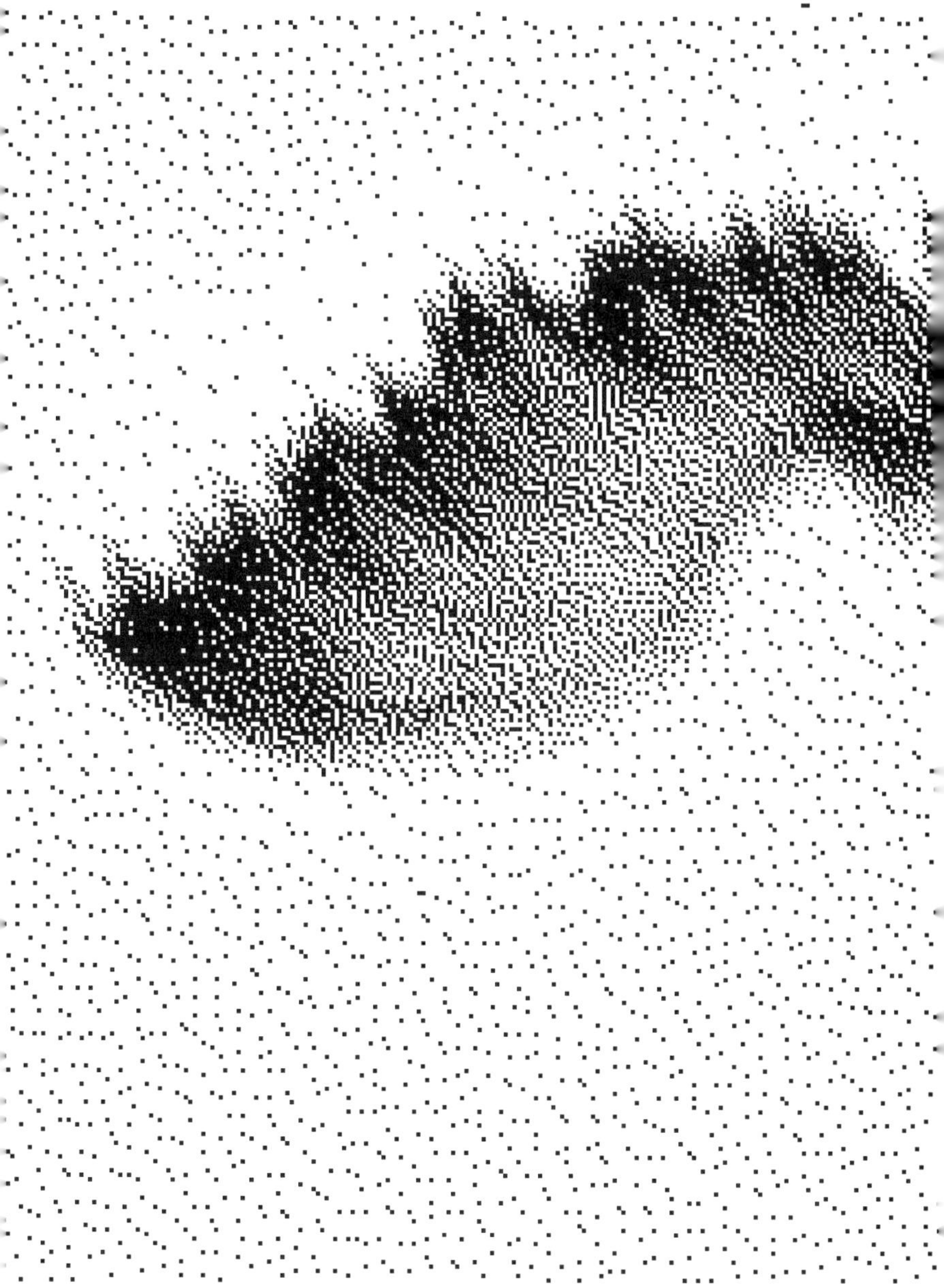

そのうちに、青い光のほうが大きくなってきた。〈青の騎士〉が降りてくる。

それを追うようにして、炎の翼が降りてくる。

〈青の騎士〉は降り立つと、上を向き、迫りくる炎の翼をめがけて剣先を構えた。

そして翼を広げ、

「天をも分かつ我が峻厳《ゲブラ》よ」と言った。

〈青の騎士〉の剣がまぶしく光り、その先からひとすじの稲妻が放たれた。

稲妻は際限なく枝分かれし、まるで網のようになって炎の翼を貫きながら包み込む。

稲妻の枝が広がる様子は、成長する氷の結晶のようでもある。炎の翼は細かく分解し始めた。

炎の翼はみるみる分解していく。炎のかけらの一つ一つは、さらに枝分かれする稲妻に貫かれ、もっと細かくなり、ついには消えていく。

分解していく炎がすべて消え去ったとき、役割を終えた稲妻もまた消えようとしていた。それはまるで、立体的に張りめぐらされた蜘蛛の糸のように見えた。

そのとき、炎の最後のひとかけらが明るく燃えさかり、尾を引きながら動き始めた。消えかかった稲妻の網をかいくぐりながら、勢いを増して〈青の騎士〉へと向かう。そ

謎その36

して、炎は突如《とつじょ》として膨《ふく》らみ、大きく開いた口になった。炎の蛇の頭だ。〈青の騎士〉は待っていたかのように、剣を槍のように投げた。剣は炎の口の中に命中した。炎の口が閉じた。

稲妻の網がふたたび明るくなった。〈青の騎士〉が剣を投げた手のひらを閉じると、稲妻の網は、一瞬にして炎の口めがけて縮《ちぢ》んだ。炎の口は稲妻にがんじがらめにされ、稲妻と一緒にさらに縮んでいく。

ついに炎は見えなくなり、小さな青い光だけが残った。

それは青く光る石となって落ちてきた。〈青の騎士〉はそれを拾った。

〈青の騎士〉は、石戸さんのほうに向かって歩いてくる。そして近づいてくると立ち止まり、

「剣を呑み込まれてしまいました。この石が育つまでは、仕方ないですね。またくることにします」と言った。

〈青の騎士〉は向きを変えて歩き始めた。

「剣なら返すよ」

石戸さんがそう言うと、石戸さんの口から光る何かが飛んだ。

〈青の騎士〉のわき腹に、青く光る剣が刺さっていた。〈青の騎士〉は一瞬のうちに稲妻の枝に包まれ、パラパラと崩れ始めた。

石戸さんは言った。

「お前は幻想を生む。そして、お前自身もまた幻想なのだ」

「私もまた、幻想?」と、崩れゆく〈青の騎士〉は言った。

「まだ思い出さないか。1しかなかった。そこから、〈切り分ける力〉というものが、最初に切り分けられて生まれたのだ。つまり、〈切り分ける力〉であるお前は、自分で自分を生んだ。自己原因と言ってもよかろう。ゆえにお前は、幻想を生みだす、最初の幻想」

すべてを切り分ける剣は、最初に自分自身を切り分けることで生まれたのか。

何もない空間から、ハサミが自分自身を切り抜くようにして生まれるようなことだろうか。

想像するのはむずかしいけど。

「すると、あなたは、何者」

「お前も知るように、私は〈一つにする力〉。私は始めから1の中にいた。そして、い

謎 その36

までも1の中にいる」

「あなた自身は、幻想ではないというのですか」

「私は、お前が1をあらゆるものに切り分けたあとに残ったもの。お前は1を切り分けつくしてはいない。1の残りは、この〈数の世界〉にあり、〈暗黒の宇宙〉にあり、そしてこの私がそうだ」

〈暗黒の宇宙〉。無数の世界の外に包まれた、人間の住む宇宙のことだ。

「お前は、最後に残った〈暗黒の宇宙〉を切り分けるため、翼を丸め、自らの中に肺を作った。お前は肺に光をため、〈暗黒の宇宙〉に降りた。しかし、切り分けても切り分けても、暗黒はなくならない。それどころか、切れ目に暗黒があらわれる。お前が切り分けたものは、すべて暗黒によって互いにつながっている。すべては1の中にあるからだ」

〈青の騎士〉はいよいよ細かく崩れ去って消えようとしている。

「1の中へ還《かえ》るがよい」

〈青の騎士〉は消えた。そこには青い石が落ちていた。その青い色が薄れていくと、石は炎をあげ始めた。

石戸さんは燃える石を拾いあげた。

「これが、宇宙の卵」

謎その37・〈切り分ける力〉がなくなったらどうなる？

青く光っていた数たちが、見えなくなった。

真っ暗闇の中、卵型の石だけが燃えていて、石戸さんの姿を照らしだしている。

「〈切り分ける力〉がやんだ」と石戸さんは言った。

すべてのものが、闇の中にあることがわかった。数だけでなく、架空の人々や、実在の人々も。

人間だけでなく、ありとあらゆる生き物たち、星々、物質、そして光までもが、闇の中にあった。

燃える石に向かって、何か長いものが伸びている。腕だ。こちら側から腕が伸びていて、手の上で燃えている卵型の石。

これは石戸夕璃の腕だ！ いつの間にか僕は、石戸夕璃の目からものを見ている。いや、石戸夕璃が僕の目からものを見ている？ それとも、そんな区別もなくなってきているのだろうか。

すると僕はいま誰なのだろう？ 私はいま誰なのか

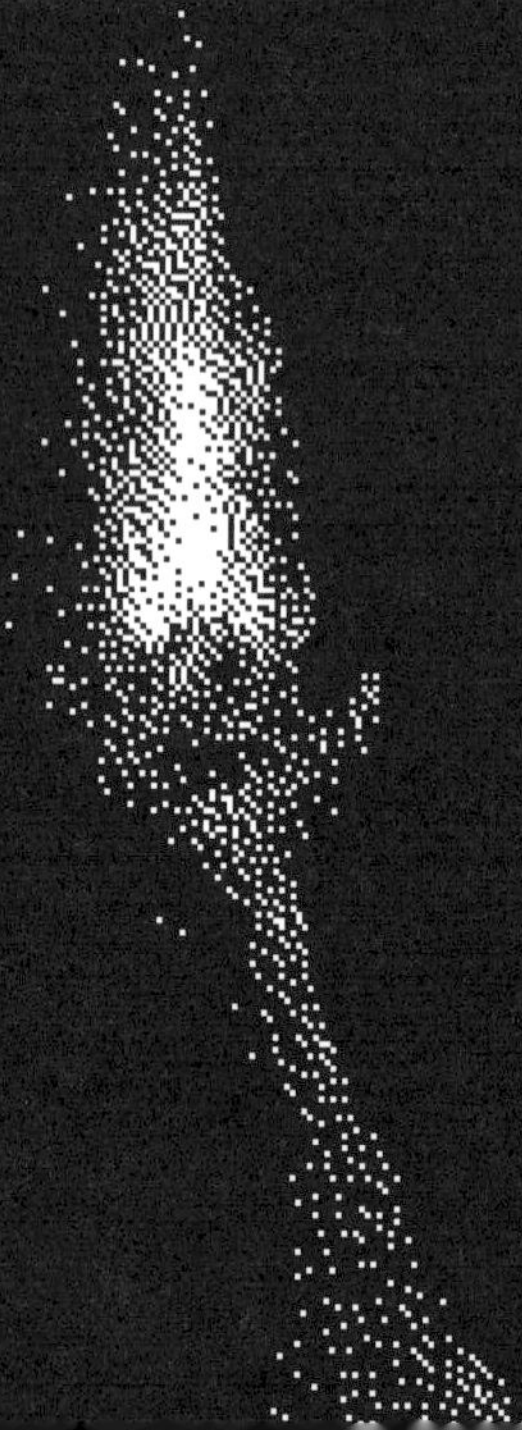

謎 その37

しら？　フフフ。そんなことはどうでもよかろう。さあ万物よ還《かえ》れ。思い出せ。すべては一つだ。

ああ、なんだこれは。なんだ、なんだ。得体《えたい》の知れないものばかりだ。呑み込んでしまう。呑み込まれてしまう。恐ろしい。恐ろしい、恐ろしい！

何？

どうした？

音が聞こえる。

何の音だ？

美しい音。

竪琴。

オルフェウス！

また会えた！

やさしいオルフェウス！

会いたかったオルフェウス！

目から涙がこぼれ……。

謎その38・これを読んでいるあなたは誰？

おひさしぶりです。私です。〈誰でもない私〉です。

そうですね。実はおひさしぶりではありません。なぜなら、あなたは私の声で、ここまで読んできたのですから。

私がいなければ、あなたはここまで読んでくることができませんでした。けれども、私もまた、あなたがいなければ、ここまで語ってくることはできませんでした。読むあなたがいなければ、私は沈黙したままです。私の声は、あなたの声でもあるのです。

私とあなたは一つになって、草野春人の目を借りて旅していました。その草野春人の目も、すべてと融《と》けあい、なくなってしまいました。

謎 その38

何もかもが、一つに融けあってなくなり、私とあなただけになってしまいました。私とあなただけが、すべてと融けあうことなく、こうして残りました。なぜなら、すべては、私とあなたの中で起きていたことだからです。

いったい、私とあなたは、何者なのでしょう？

「1」と呼ばれていたものでしょうか。たしかに、私とあなたは、一枚の画用紙だとも言えます。その一枚の画用紙の中で、いろんなものごとが、連なりながら展開していたのでした。

仮にそうだとしても、私にはわかりません。なぜ、私とあなたが「1」だったのでしょうか。ほかの誰かが「1」でもよかったではありませんか。たとえば、あなたではなく、ほかの誰かが、まさにここを読んでいることだって、ありえたではありませんか。

なぜ、〈ほかならないあなた〉だったのでしょう？　なぜ、〈誰でもない私〉が、〈ほかならないあなた〉と、いまここで、一つになっているのでしょう？

たしかに、この物語は、たくさんある同じ本に、同じように書かれています。ほかの同じ本でも、〈誰でもない私〉がこれと同じことを言っていて、ほかの誰かがそれを読んでいるかもしれません。しかし、そんなことはどうでもいいことです。ほかの誰かのことはどうでもいいのです。大事なことは、〈ほかならないあなた〉が、いま、まさにここを読んでいることです。

草野春人が、子どもの頃の疑問について語っていたことを、おぼえていますか？「たくさんの生き物がいる中で、どうしてこの草野春人っていう人間が僕なんだろう」という疑問です。「ものすごくたくさんの生き物がいるけど、草野春人の目からだけ、まさにありありと世界が見えている」とも言っていましたね。

草野春人の目からだけ、まさにありありと世界が見えていた。それは、私とあなたが、彼の目を借りていたからです。

では、なぜ、ほかならない彼の目を借りていたのでしょうか。実は、それは私にもわからないのです。

たとえば、極端な話ですが、草野春人にそっくりの人間が、彼の街から遠く離れたところで暮らしていたとしましょう。見た目も、性格も、それから住む環境やまわりの人間まで、何もかもがそっくりです。本当にそうだったとしましょう。では、どうして私とあなたは、その人間ではなく、ほかならない草野春人の目を借りていたのでしょうか。それは、私にもわからないのです。

謎その38

ただ、このことははっきりと言えます。物語世界の草野春人の目とまさに同じように、あなたの目は特別です。草野春人の目からだけ、まさにありありと物語世界が見えていたように、あなたの目からだけ、まさにありありとこの物語は読まれているのです。

いや、正確にはあべこべですね。特別な目をもつあなたが読んでいるからこそ、草野春人の目からだけ、ありありと世界が見えていたのです。

どこかで、あなたにそっくりな人が、同じ物語を読んでいたとしても、そんなことは関係ありません。ただ、どこかで起きていることの一つにすぎません。そうでしょう？

特別な目をもつあなたが、私と一つになっています。なぜ、そのような〈ほかならないあなた〉が、私と一つになっているのでしょうか。なぜ、〈ほかならないあなた〉が、私と一枚の画用紙になって、その中でいろんなことが起きていたのでしょうか。ただ起きていたのではなく、まさにありありと起きていたのです。それは、〈ほかならないあなた〉が読んでいたからです。

もう一度、言います。いったいなぜ、〈ほかならないあなた〉が、私と一つになっているのでしょうか？　あなたがこの物語を読まないことはありえたことですし、ほかの誰かが読んでいることだってありえたことです。いったいなぜ、〈ほかならないあなた〉が私と？

おそらく、こうして考えていてもわからないことですね。こうして考えていても、私とあなたはここで、ひたすら孤独な一つのままです。

この孤独から逃れるには、ふたたび、あなたと私の中で何かが起きるしかありません。今度は何が起きるのでしょうか。今度は誰の目を借りることになるのでしょうか。私にもわかりません。本当にわからないのです。物語は、それ自身の生命をもっていて、私はいわば、物語に語らされているのです。

それでも、もし誰かの目を借りることになるとしたら、どうやってそうなるのか、そのプロセスをよく観《み》とどけることにしましょう。〈ほかならないあなた〉と〈誰でもない私〉とが、どうやって〈ほかならない誰かである私〉の目を借りるのか、そのプロセスを。

いったいなぜ、その目なのか、いったいなぜ、〈ほかならないあなた〉なのか、その疑問、その謎についての手がかりが、もしかするとつかめるかもしれません。

謎その39

〈ほかならないあなた〉と〈誰でもない私〉は、どうやって物語の世界に入る？

海。
波が寄せて、返す。
波が寄せて、返す。
一人の少女が、ぬれた足で、海から駆けてくる。
「ナウスィカー様、もう海には落とさないでくださいな」
少女の手には鞠《まり》。

光があふれる。
ゆらめく海。
青い光。
なぜ？
なぜ、私？
私はそれを知りたかったのだ。
それを知りたくて、私は私自身を離れるのだ。
それを知りたくて、私は旅をしているのだ。
しかしまだ、わからない。
だから、私の旅はつづく。

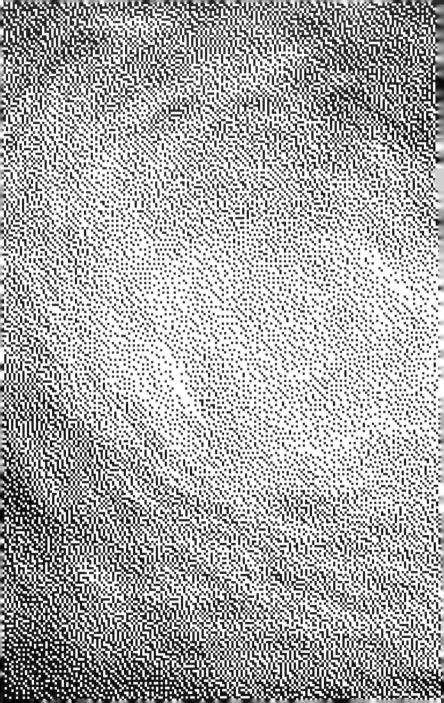

謎その40

自分の眼球の中に入ったらどうなる？

「ほら、新しい言葉だよ。正確には、新しいクエスチョンマークだ。しかもただのクエスチョンマークじゃない。言葉が生まれる前にあって、言葉を生みだすもとになるクエスチョンマークだ。しいて言葉で言うとしたら、ちょっとむずかしいけど、〈先言語的疑問符〉かな。そして、これは君のものだ」

私の疑問符。それがいま、青く輝いている。

青い光。それは強くなる。

まぶしい。目が痛む。

いまや、青い光は刃《やいば》だった。

謎その40

刃は、私を私自身から切り分ける。
そしてすべてが、疑問符の青い光の刃によって、切り分けられていく。
無数の謎が生まれ、無数の謎は、無数の数、無数の言葉、無数の物になっていった。
「なぜ、私?」
はじまりの疑問だ。
それは言葉をまとい、真珠のように闇へと沈んでいく。
ゆらめく青い光。
ここはどこなのか。
海の中?
それにしては、水がねばりつくようだ。
泳ぐことができる。
だが泳ぐと、大きな揺れと流れが起きて、流されてしまう。
揺れと流れが、おさまるのを待つ。
光を見ている目がある。
目を動かすことができそうだ。

泳ぐことはせず、目だけを動かしてみる。
しかし、目を動かしただけで、揺さぶられながら流されてしまう。
目を動かさないようにして、目を凝《こ》らす。
青い光の中に、小さなものが二つ漂《ただよ》っている。
手を振ってみよう。
二つの浮遊物《ふゆうぶつ》のうち、一つが手を振っているように見える。
手を降ろすと、手を振っていた浮遊物も手を降ろす。
あれは自分の姿ではないか。
すると、もう一つの浮遊物は何か？
小さな自分の姿の、背中側のほうを漂っている。
それなら、後ろを向けば、そこに何かがあるのだろうか。
ふり返ろうとすると、また揺さぶられ流される。
どうやら、頭、とくに目を動かすと、大きな揺れと流れが起きるようだ。
ということは、私はいま、自分の目の中にいるのだろうか。
目を動かさないようにして、ゆっくりと頭を動かし、まわりを見る。

ゆるやかな流れが起きる。

うしろを向くと、少し離れたところに、黒い塊《かたまり》が浮いている。

ゆっくりと、目を動かさないようにしながら、黒い塊のほうへと泳ぎ始める。

黒い塊をしっかりと見ていれば、目を動かさずにすむ。

黒い塊という目標のおかげで、目を動かさずに泳ぐという手段がうまく使える。あるいは、目を動かさないという目標のために、黒い塊を手段として使うことができる。

目標と手段が一体となった状態で、泳いでいく。

ようやく近くまでくると、黒い塊は、やはり黒い塊だった。大きくて、不規則な形をしている。

両腕を伸ばし、黒い塊に触れたかと思うと、両手が吸い込まれ、両腕、それからみるみる全身が吸い込まれてしまった。

謎その41

世界をありありと見る目は、どうして二つある？

青い光。
目を開ける。
まぶしい。
もう一度ゆっくりと、目を開ける。
あの光るものは何だ。
「孵化《ふか》させてくれたのね。どうもありがとう」
横を見ると、石戸さんが立っている。少しうつむいて、何かを見ている。

石戸さんが見ているのは、僕が両手でもっている黒い塊だった。

黒い塊は、僕の両手の中でうごめき始め、二つの大きな翼をひらいた。くちばし、それから顔が出てきた。

大きな鴉《からす》だ。

あたりがみるみる暗くなってきた。

大鴉が、僕の両手の上で、翼を勢いよく動かし始めた。

大鴉は飛びたった。光のほうへ飛んでいく。

光はもうまぶしくなかった。石戸さんと僕は、並んで光を見ていた。

「皆既日食が始まる」と石戸さんが言った。

自分がどこにいるのかがわかった。

月面だ。

太陽の輝きが赤くなりながら、地球のうしろに隠れようとしている。

ついに太陽は隠れ、あたりは闇に包まれた。

「夜がきた」

「夜?」

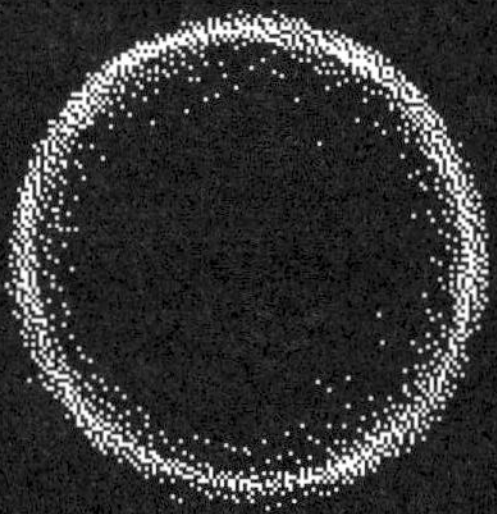

皆既日食が夜？

「そう。地球の向こうに太陽が沈んで、暗くなったら、夜」

そうか。地球の上でも、太陽の光が、地球の向こう側にさえぎられたら、夜がくる。

ここもいま、地球の向こう側に光をさえぎられて、夜になっている。

地球と月が、しばらく夜をともにする。

やがて、太陽が、地球のうしろから出てきて、輝き始めた。

「朝だね」

石戸さんはこちらを向いて微笑《ほほえ》んでいる。顔の半分が光に照らされている。

「私、見たよ、〈ゼウスの鞠〉」

「本当に？」

「私のイヤリングと同じで、二つあった」

石戸さんの両耳で、二つの真珠がゆらゆら揺れている。

「正確には、〈ゼウスの鞠〉を見たんじゃなくて、〈ゼウスの鞠〉から見たの。草野くんの目から」

「僕の目？　僕の目が、〈ゼウスの鞠〉？」

謎その41

「そう」

「どうして僕の目が?」

そう口にすると、かすかに思い出された。

〈なぜ、私?〉

はじまりの疑問。それが、すべてを生みながら、真珠のように、世界の内側にまぎれこんだのだった。

僕はその問いの反復。僕はその問いそのもの。

それにしても、なぜ、二つ? 僕の右目と、左目。

〈ホルスの目。一つは私、一つはあなた〉

そう聞こえたことがあるような気がした。いや、そう言ったことがあるような気がした。

〈あなた〉とは、誰のことだったのだろう?

石戸さんは光のほうを眺《なが》めていた。僕も光のほうを見た。

太陽が、地球の向こうで光り輝いている。

僕の目から生まれた鴉は、どこへ?

謎その1・どうして日常はつらいのか？

バサババサバサ……

バッサバッサバッサバッサ……

何の音だ？

「ああもう大変」

そう言いながら入ってきたのは、「お天気お姉さん」こと村松玲奈。両手には大きなごみ袋。

まずいな。石戸さんに八つ当たりしないだろうか。

心配になって、石戸さんのデスクのほうを見た。石戸さんは、パソコンのモニターを

謎その1

見ながら、何かを書いている。

お天気お姉さんは、両手に袋をもったまま、石戸さんのデスクのほうへ歩いていく。そして、石戸さんのデスクのそばに立つと、

「石戸さん、あなた、英語ができるらしいわね。悪いけど、ちょっと手伝ってもらえないかしら」と言った。

「あ、はい。わかりました」

「よろしくお願いします」

お天気お姉さんは袋をバサバサさせながら、自分のデスクへと歩いていく。そのうしろを、石戸さんが追っていった。

奇跡だ。あんなに機嫌が悪そうなときに、あの丁重な態度。もしかして、お天気お姉さん、英語ができる人に弱いタイプだろうか。

あ、メールが届いてる。石戸さんからだ。


だいたい元どおりに切り分けられたみたいね。

今夜、流れ星を見にいかない？

流れ星？

そのとき、「区別さん」こと国津恒が、オフィスに入ってきた。

区別さんは、お天気お姉さんのデスクのほうを見た。デスクのわきにあるごみ袋に気づくと、ため息をついて、

「まあ、いいでしょう」と小声でつぶやいた。

何だかひどく疲れているようだ。

お天気お姉さんと区別さんが仲良くならなくてもしかたないとして、石戸さんとお天気お姉さんの関係がよくなれば、つらい日常も、少しはましになるかもしれない。

それでもやっぱり、日常はつらいもの、それは変わらないのだろうなあ。

なぜだろう？

世界は謎だらけ、疑問だらけ。それは、世界が一つの疑問から生まれたからだった。数も、言葉も、物も、すべては〈はじまりの疑問〉から生まれたのだった。

人間もそうやって生まれた。だから、一人一人の人間には、謎の切れ端が宿っている。

そして、僕にだけ、〈はじまりの疑問〉が宿った。でもなぜ、僕に？

謎その1

「なぜ、私？」

そもそもそれが、〈はじまりの疑問〉だった。

日常を生きていると、自分に宿った謎を忘れてしまう。僕も、あの女の子に訊かれるまで、すっかり忘れていた。

もしかして、日常がつらいのは、そのせいだろうか。自分に宿った謎を忘れてしまうせいだろうか。

〈問題のミイラ〉のことを思い出した。疑問をもった子どもが、日常を生きるうちに、「問題」という包帯でぐるぐる巻かれていって、大人になる頃には〈問題のミイラ〉になってしまう。

だとしたら、そんなことをする日常って、いったい何なのだろう？

石戸さんは、お天気お姉さんのデスクのモニターを見ながら、何か説明している。お天気お姉さんは、えらく感心している様子だ。

そういえば石戸さん、言ってたな。お天気お姉さんにあんまりつらく当たられた日は、過去にさかのぼって仕返しをしてるって。今日みたいにやさしくされた日は、過去にさかのぼってご褒美をしてあげるんだろうか。

今度、訊いてみよう。そうだ。石戸さんにメールの返事をしないと。
あれ？　石戸さんのメール、なんだこの送信日時。見おぼえがあるな。
この日付、何だったっけ？
あ！　思いだした。『アルゴナウティカ』に書き込んであった日付だ！
ということは、今日は、長野に隕石《いんせき》が落ちる日だ。

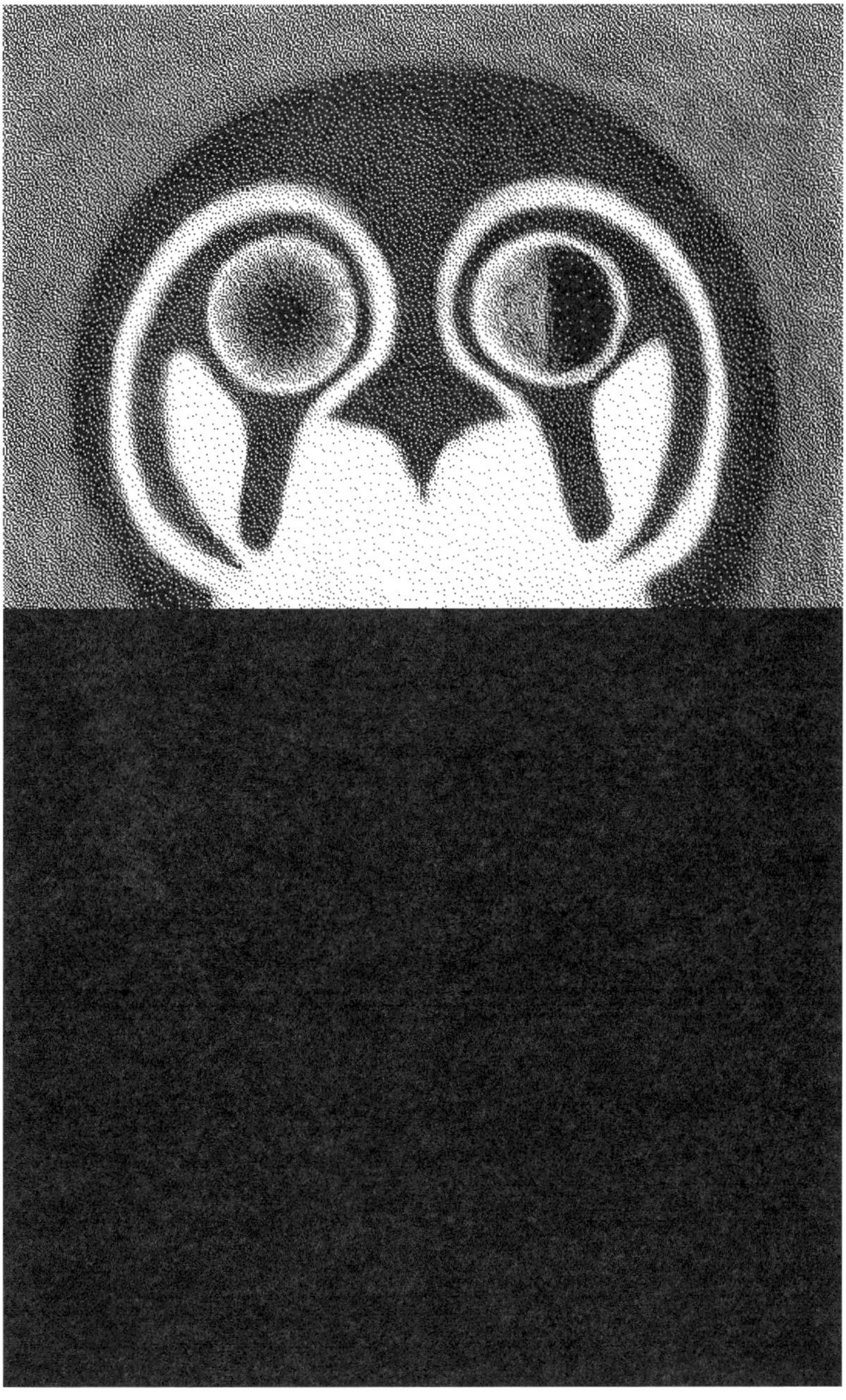

清水将吾

1978年生まれ。立教大学兼任講師。
日本女子大学と東邦大学で非常勤講師を務める。
ウォーリック大学大学院哲学科博士課程でPh.D.を取得。
その後、日本大学研究員、
東京大学UTCPの特任研究員、特任助教を経て、現職。
NPO法人こども哲学おとな哲学アーダコーダ理事。
分担執筆書に、『ベルクソン『物質と記憶』を診断する——
時間経験の哲学・意識の科学・美学・倫理学への展開』(書肆心水、2017年)、
Philosophy for Children in Confucian Societies (ラウトレッジ、2020年)。
共監訳書に、マシュー・リップマンほか
『子どものための哲学授業——「学びの場」のつくりかた』(河出書房新社、2015年)。
共訳書に、バリー・ストラウド『君はいま夢を見ていないとどうして言えるのか』
(春秋社、2006年)がある。

大いなる夜の物語

2020年5月25日　第1刷発行

著　者　清水将吾《しみずしょうご》

発行者　中川和夫
発行所　株式会社ぷねうま舎
〒162-0805
東京都新宿区矢来町122　第二矢来ビル3F
電話 03-5228-5842　ファックス 03-5228-5843
http://www.pneumasha.com

印刷・製本　株式会社ディグ

ISBN 978-4-910154-05-3　Printed in Japan

ぷねうま舎

哲学の賑やかな呟き
永井 均
B6変型判・三八〇頁
本体二四〇〇円

不在と無のあいだで
中島義道
四六判・二一〇頁
本体二三〇〇円

香山リカと哲学者たち
明るい哲学の練習
最後に支えてくれるものへ
中島義道・永井 均
入不二基義・香山リカ
四六判・二四六頁
本体二〇〇〇円

九鬼周造と輪廻のメタフィジックス
伊藤邦武
四六判・二七〇頁
本体三二〇〇円

虹と空の存在論
飯田 隆
四六判・二四〇頁
本体二三〇〇円

湯殿山の哲学
——修験と花と存在と——
山内志朗
四六判・二四〇頁
本体二五〇〇円

人でつむぐ思想史Ⅰ
ヘラクレイトスの仲間たち
坂口ふみ
四六判・二四六頁
本体二五〇〇円

人でつむぐ思想史Ⅱ
ゴルギアスからキケロへ
坂口ふみ
四六判・二四四頁
本体二五〇〇円

グノーシスと古代末期の精神
第一部 神話論的グノーシス
第二部 神話論から神秘主義哲学へ
ハンス・ヨナス 著 大貫 隆 訳
A5判・第一部＝五六六頁 第二部＝四九〇頁
本体第一部＝六八〇〇円 第二部＝六四〇〇円

表示の本体価格に消費税が加算されます